DEKòDE

San yon (101) pwezi

PIERRE CANTAVE

Dekòde pa kreyon desen

Pou fè pòtrè n tankou pyès sen

Sen kote anyen pa anyen

Rès atè san panyen pa plen

Sendenden sen anba po krab

Sententen kouvri ap po dyab

Anplis erè n pa defini n

Yo pito fimye k ap grandi n

                "Pikan"

Solèy Ayiti limyè ase
Pou l evite vye travèse

Pèp Ayisyen gen twòp lespri
Pou jaden l pa ap bay bon fwi

Pa okipe pyès fant gwo bòt
Pou chak jou n ap rayi youn lòt
Menm lè rayi grefe brenn nou
Ann fè rezistans jouk li jou
            ''Pikan''

Nan sosyete

Nou pa sèlman lespri

Oubyen nanm prete

Nou se kò tou

Kò pa kò san eskèlèt li

Lang kreyòl se eskèlèt nou

"Pikan"

REMÈSIMAN pou

Gran Achitèk la

Papa Ayiti Jean Jacques Dessalines

Madanm mwen Fetou Cantave

Arsonval M Cantave ak Darline Ledoux Cantave

Claude ak Michelet André epi Rock ak Adette André

Francisco ak Kimy ak Carlos Noisette epi Seba Louilor Belance ak Bernado Gabriel

Joseph Lucarne ak Carmelle Desbornes

Edson Joseph ak Fafane Saint-Louis epi Smith Saint-Lot ak Nethline Alexandre André

Joël Alexandre ak Wendy Griffin epi Jean Winer Cantave ak Rich Loina epi Wisna Amy

Bermann Augustin ak Wilbert Cantave epi Ilomène Noël ak Fanie Régistre ak Mackenson Pierre

Junior Cenanfils ak Yannick Volma epi André Régistre ak Edline Altidor

Patrick Fritz Bien-Aimé ak Emmanuel Altidor epi Marie Nerlande Delice ak Nanoune Cantave

Kedel Marseille ak Joe Kirk Lucarne epi Manassé Jean Baptiste ak bòs Chòt epi Mompoint Ledoux

Oswald Saint-Vallière epi Wedner St-Cloux ak Joslyn Benjamin (Babi)

Guy Noël ak Guy Cénoble epi Guy Marcellus ak Guy Germain epi Guy Casimir

Lunique ak Renaldo Fernand epi Francklin Joseph ak Marie Lourdes Médor epi Louise Marie Médor

Théodore Marcellus ak Selamy Wilio epi Kelly Pierre Willden ak Sonson Médor epi Rémy Jean Joseph

Donald Jérome ak Jackson Jean Pierre epi Ricot Brutus ak Marie Ange A. Augustin (Maille)

Wesly Cantave ak Murana Casimir epi Elarienne Guignard ak Mackenzy Joseph

Michaël ak JeanMary ak John ak Jean Mesmer Louis epi Jude Jean ak tout Boukan Carré

Zanmi Savanette ak Hinche yo epi Saut-deau ak Belladère

Lyndel Lauredent ak Michel-Ange Benjamin (Tyson) ak Tchacho (Frantz) epi Jean Fritz Richard ak Jean Charlot Clermeus

Ano Guerrier ak David Novembre epi Harry Désiré ak Wesly Polynice ak Jimmy Dubuisson

Chérenfant ak Boubout epi Anderson ak Bivens

Lucien Chéridént ak André Pacombe epi Moïse Mahotière ak Richard Pacombe (Kdo) epi John Knox Marcellus

Jacky Poteau ak Asephie Blo Cantave epi Nathalie Sainvil ak Donald Belance epi Mchi Bélizaire

Maxime Saint-Jean ak Samuel Kouamé epi Vicrane Charles ak Villette Raymond epi Phito Milien

Larousse Joseph ak Huguens Louis Jacques epi Julio Milien (Bobi) ak Moise Jacques

Francoeur Cantave ak Jonas Pierre epi Yolande Dorissaint (Nounoune) ak Bolo

Jean Eddy Michel ak Arthur W Chevry (Kalito) epi Kiventzky Guerrier ak Marianne Bèlfort (Mant Badjout)

Lemaire ak Paul-Max epi Marc-Archange Baptiste ak Ricardo Milien (K-mino) epi Alland Labranche (Charité)

Gilbert ak Stanley Roséus epi Frantz (Gaga wouj) ak Vaugly (Gaga nwa) Alexandre

Marguérite Médor ak Andréa Médor epi Thérèse Médor

James Dorissaint ak Wiskang Réné epi Jean Faubert Cadet ak Bodler Cadet epi Boooz Touzin ak Marc Lucarne

Anthony Ravix ak Grégory Chevry epi Jean Gaston ak Himelda Cantave (Novelsie)

Edrice Ledoux Ambroise ak Lucienne Félix epi Gisleine Morestil

Dominique ak Bruno ak Carine epi Chantale Saint Victor ak Elvie Bien-aimé epi Rodelaine ak Madianite ak Tamara Marcellus

Judel Sterling ak Brian Jean Gilles epi Frantz Bruny ak Marjorie Desbornes epi Junior Pierre (Tiba)

Marleau Touzin ak Emmanuel Cantave (Thony) epi Steve Dorilas ak Venio Louisjuste epi Robenson ak Bosnet Marcellus

Gabriel Marseille ak Diquessi Germain epi Erlyne Eugène ak Saphira Mercier epi Robenson Mazarin ak Gregory Morissette

Valéus Clerveaux ak Bernide Toussaint

Marie Elmonthe Dume-Charles ak Emanius Saint-Fleur epi Carlot Saint-Martin ak Emmanuel Saint-Fleur

Stelencia Thimotee ak Francine Fleurimé epi Danine Touzin ak Esaie Dorcilien epi Harry Plaisir ak Violette Pierre

Vivens Doudou ak Tooch ak Lagneau Joachim epi Floridas Mervilien Patrick Pierre-Louis ak Winnie Cooper epi Bertha André ak Jean Baptiste Chévry epi Boskito Bosquet

Rosette Bléus ak Ancy Bruny epi Jackson Saint-Louis ak Brunel Rateau epi Carlo Michel ak Bernabé Touzin

Cindy Desbornes ak Imeldin Jacques epi Daley Mezadieu ak Juliette Gaston epi Laraire Bosquet ak Romial

Mesmin ak Yves Cantave epi Lamarre Camille ak Yvel epi Carmelle Bernabé ak Kervens Anderson Régistre

Fanmi Saint-Fleur ak Ambroise epi Louis

Fanmi Marseille ak Fédé epi Dubuisson

Tout fanmi Médor ak Régistre epi Cantave

Trinity Products (Randy ak Prince epi Bob ak Rob)

Bolide ak Élan noir epi Louverture ak Flèche d'or (BELFLO)

EJECMIR

M.A.T

NAN MEMWA DEFEN YO

M Philomène Médor manman mwen

Emmanuel J M Cantave papa m

Béatrice ak Anastasia epi Georgette Cantave

Solange Médor

Jeannette Immacula Ledoux

Gabriel Multy

Evenson Noël

Yves Joseph

Miracia Thélémaque

Bibine Mahotière

Francklin Germain

Marco Marseille

Marie Lucie Médor

DEDIKAS pou

Tchovi mwen yo Gianna Cantave

Peter Cantave

Yannie Cantave

Tout nyès ak neve m yo Lucienda (Dade) ak Marlantz

Marvelle ak Fafane Marseille

Nitchy (Samy) ak Queenia (Danie) epi Arslyne Cantave

Fernancia ak Katiana epi Chris Geffrard

Kimara ak Klay

Tout tchovi ak neve epi nyès

Ki potko fèt yo

Zanmi lwen

Plis sa ki pre

Sa nou youn ap tire bouda

Tire kanpe lwen bay youn lòt

Plis sa ki sispann sa pou mwen

San pyès tonnè ki pou boule

Pou kouzen pwòch

Ajoute ak sa mwen jwenn sou wout

Ki pa sispann konprann

Nou tout ansanm se yon gran fanmi

Pou tout sa ki ede m fè

Ranyon tout kalite bwè dlo kò

Peye gratèl nan batay vyann

Pou granfrè m yo

Pierre Renald Geffrard (Jeanjean)

Joudel Lefèvre

Arsonval Montholon Cantave (T-Manno)

Tifrè m yo Pouchon ak Fritzner

Gaby Cantave ak Félix

Tisè m yo Lineda (Louloune) ak Estephanie ak Fabienne epi

Fedjina

Pou gwo ak ti fiyèl

Pre kou lwen

Respè pou makòm ak konpè m yo

Sa ki tande m

Sitou sa k pa tande m yo

Pou frè zanmi limyè yo

Lè n rankontre yo ban mwen ran

Ranje kò yo pou m chita

Balanse m ak balans jistis

Kenbe m nan plas nan liy

Ede m swiv nan triye ak elatriye

Pou sè bò lari ki konn kwaze

Dekwaze tankou cheniy nan nich flanman

Sòti lannwit rive douvanjou

Lannwit blanch

Anba branch bwa pandye

Ki tounen mikwo ak siyal

Anndan estidyo m

Gwo bout mizik

Se bò lavi ki fè m manch pilon

Nan pile fouye chache

Plezi ak lavi

Pou tout zo reken

Ki kwoke nan gòj peyi Ayiti

Tankou zo mò

Ki pa kapab pouri

Nan pote doulè vant mòde

Dyare tankou pipi

Se pou liv sa a chanje kè yo

Retire zo malveyan sa a

Nan lalouwèt pèp la

Pou tout moun mwen bliye

Nan fè eksprè

Pou tout sa ki anba kolè

Emosyon abiye yo

Mwen pa mete yo

Ebyen padon mezanmi

Nou pap nan pran kòlèt

N ap tire l nan longè

Ap gen anpil lòt

Dokiman

Doki-man

Pou tout depatman peyi a

Tout vil ak tout diaspora yo

Pou tout fanm vanyan

K ap kale lavi

Nan dekale zoranj ak pistach

Ki rete anba fòs lanati

San krizokal po yo

Ki konn laye

Layite ak kalite

Prezante kalite

Nan responsabilite yo

Pou tout ayisyen

Ki kwè demen ap miyò

Ak efò jodi

Pou tout kote

Pou lawonbadè

Mwen dedye Dekòde

Mezanmi

Anpa mwen gentan kòmanse

000.- M AP KÒMANSE

Nanm mwen devan Kreyatè a

Kò m toutouni nan Planèt tè

Mwen koube m byen ba devan lanati

Ki boujonnen m nan dimansyon li vle

Mwen se yon kreyòl san refiz

M ap pale san depale

M ap entwodwi

Sòti nan talon mwen

Melanje ak zong zago m

Pase rive nan zetòk

Boul tèt klere ak lwil maskreti m

Mwen vini defann

Pwezi larim

Pwezi bave m

Pwezi vomi m

Pwezi krache m

Devan koken

Ki san pran souf ap atake peyi m

Pye fwi m

Nan tout kwen anndan zantray li

San vigil ak pwen

Pou anpetre fatra

K ap soti nan kwen

San divizyon matematik

Nan touzwit kalkil aritmetik sa a

San apostwòf

San jip kout pou bay jòf

San chapit

K ap travèse kay la

Tankou chanm separe

Yon sèl kout kle

Youn pa fini

San lòt la pa kòmanse

Tout tivis

San pèmisyon

Kalkile souflèt

Karese boubout

Bay tap ladan

Sa pote yon plezi anplis

Tap tout kote sitou nan

Bouda plòt

Bouda rèd

Bouda mòl

Bouda asye

Bouda dlo kann

Bouda gato myèl

Bouda venn

Bouda fennen

Bouda

Souflèt pa gen envantè

Li pa gen mèt responsab klass li

Tout moun pa fè rèl menm fason

Kite m fè fraz

Dekòde bay pèp la

Pèp kalibous la

Pèp fo pye a

Pèp lestomak plim rache

Plis kole ak blòf

Se pa tout anba moumou ki gwòs

Li konn dèy tou

Li wout fasil pou gato myèl

Anba moumou rèl dous

Rèl sou tout fòm

Rèl nan tout lang

Jouk soufrans pakoti gwo souf

Chak grenn abitan

Se ma drapo leta

K ap detenn nan lamizè

Souflèt ki ap pawoze

Liv sa a pa respekte pyès madi gra

Pyès dwèt miwo miba

Pwezi pa rete ak pèsòn ladan li

Sila k ap fè lekti ladan

Gen pouvwa fè tout sa yo vle ladan li

Pa ouvè l sèlman fason yo chire liv

Tankou timoun y ap fòse ale lekòl

Ki konprann lennmi l se lang kreyòl

Abitan latè

Bliye matris manman yo

Tankou abitan dekore

Yo bliye

Nich yo

Kach kach yo

Anba bèl pyebwa

Ranmase frechè lawouze

Pare solèy anba fèy bannann

Sispann bliye kote nou sòti

Verite sa a pa anba tanbou

Li poze nan tèt pwent klere l

L ap bouyi yon kalabiren

San bretèl nan ren ak men

Kite l pawoze sou dekòde tou

Verite sa yo tou

Fèt toutouni

Yo pa gen fanmi

Yo pa gen ras

Chak liv lage zwazo l

Fè ti vole l monte ak desann li

Ti pawoze l

Gen Kèk moun ki rele m anraje

Tèt pa drèt

Pou tan lè m ap ekri

Mwen pete ri yo

Nivo tèt byen plase sou zepòl

Pa nan konfyolo

Ak konsyans makiye toutouni

Mete rad sou ou

Mwen fou jan mwen vle

Jan mwen kapab

Foli m sakre

Nan sakle zètòk

Venn mwen louvri

Pwezi anvayi m

Plim kò m danse

Pou koneksyon bèl mo

Pwezi se yon gwo lwa

Se yon konatra

Si m potko di w sa

Tande m

Mwen santi m gen yon fòs

Li vante van

Van kenbe branch bwa nan kòlèt

Sakaje yo

Ekriti sa a pa gen koub

Sa pral depann kònè w kanpe

Se melanj souflèt

Gwo tap grate ak karès

Pou dekòde move kòd

Kòd yo makonnen

Nan do m ak yon kwa

Ki kwaze ap taye banda

Nan fizik lanati

Bèl kreyati

Bèl vyann byen fèt

Nan kontanple yo

Mwen konn pèdi wout kay mwen

Se yon gwo chay m ap pote

Ki kapab 2 tou

Twou

Kalite ak kantite twou sa yo

Tounen kwa sou do m

Mwen vle dechaje tout lakay mwen

Pòpyè m kale menm wè twoub

M ap vire san wè koub

Liv sa a trete ti zago ak gwo zago

Anpil fwa tout bagay nan mitan liy

Se pa pou pyès vye siy

Se pwezi ki gaye agogo

M ap mande relasyon

Ayiti ak lòt peyi yo

Kote sa yo pran ki bon

Mande lajan

Pou foule pòch vòlè

Mwen di fòk bagay sa yo pale

Pou dekòde lespri pèp la

Ki toujou kite

Pawòl dous ap fè l kouche

Ki toujou louvri

Kò li

Janm li
Bay vagabon
San sal pou yo salopete

M ap plenyen zèv maskarad
Nèg ak vizaj makiye san makiye tou
Nan dekòde
Zye egal je
Dekode ak Dekòde se menm plimay
Mwen pa konte pye
Konte ze nan nich
Se annik yon kout pench
Yon pichkennen
Pwezi yo pa fèmen nan prensip
Plis ladan yo devye grip
Regleman ki rele yo pwezi
Chak gen diferan klòch ak esans
Ki pral chita menm kote ak konsyans
'di' gen plizyè sans
Veye Tout majiskil nan mitan fraz
Mwen itilize souflèt avèk karès
Pou mwen pale ak ou
Chwazi youn ladan yo
Ou
Ou menm menm
Tout tèks yo vle pale ak ou
Dekòde nan souflèt ak karès

Liv sa a nan men ou

Fè lekti l

Ba li kantite koutvwa li merite

Kantite koutbwa li bezwen

Koutfouk ou vle

Si w vle toujou

Ajoute nonw anba a nan paj sa a

Sele liv ou tankou chwal ou

Ba l tit

Oubyen kite l san tit

"_____"

001.- SAN TIT

San kò

San tèt

San lespri

Ebyen kisa l ye la a menm

Fè m konnen

Ki kout pete san lòdè sa a

Kiyès ki mennen lame a

Se pa lame vrèman

Nenpòt sa li ye a

Ki yès ki gen tit pou li devan

Ki moun ki devan

Kote lidè a

Aksan an genlè tonbe

Mwen pa vle tonbe dekonpozisyon

Mwen pa vle sezi nan konstate

Konstate twòp fransè

Kite mwen di daprè sa mwen wè

Misye grandè ap vale tèren

Ap pran pwomosyon

Se anlè sèlman l ap pase

Mwen wè

Mwen pa fouti konnen ki moun li ye

Ki moun li vle ye

Li chaje metal

Padon lasosyete

Mwen sèlman vle di boutfè

Mwen pa konnen li

Pyès moun pa konnen li nonplis

Sa pa anpeche yo mache ak li

Li bay respè pa ak tout moun

Rale sou lestomak sèlman

Vòlè ti trip

Asasinen fanatik

Mete jip twawitiyèm

Nan nenpòt bal twopikana

Oubyen septantriyonal

Nou deja konnen

Youn lòt dwe penpan

Nan lakou kana mete pantalon

Avan konpè chen ak bouki

Kote tout ap swiv malis

Nan pran lòt mal

Moun sa yo respekte

Nenpòt plas chita ap tann yo

Yo pa bezwen konnen ki tit

Yon 100 tit

Kote tout chif kouche ap dòmi

Pa gen tit

Se li menm ki devan

Pike pou pi devan

Derespekte sa ki kenbe kokad yo

Tit egal zwazo tou

Zwazo mouri

Ap dekonpoze

Anba zesèl

Se flanman kraze

Anndan kay la pa kapab

Tankou savann nan

Tout chanm egal menm

Salon an paka gen pye kabann plante

Sal manje a paka kanpe yon douch

Yon douch kanpe anpetre nan yon kwizin

Bale a kanpe tankou chapo nan tèt kòk

Nan tèt chodyè manje a

Nou pa kapab ap boukante plas yo

Se pa pwotokòl la sa

Mwen apèn ouvè bouch

Fèmen an ap pran tan

Ala yon Ayiti ak militans

002.- MILITANS

Se kout kòd pou sitirans

Mwen pa jwenn pi bon sans

Souf kout se kòd kap koupe

Chak trip ki vle devlope

Kòmanse tounen lanvè

Fè tout sòs gen gou anmè

Se kout kòd peyi bloke

Fil kòd la ak pwovoke

Moun fou ki anba alkòl

Elèv k ap aprann kichòy lekòl

Fil kòd sa a se koken an

Fil visye enkonsekan an

Fil salopete moun moral

Ki tout tan vle evite voksal

Tout tan fil kòd sa a pa dekòde

Nan tout pwent voksal kòde

Tout kònè tout sistèm anba zong

Tout tèt dwèt se majè ki long

Tèt zòtèy ap soufri talon twò lou

Anyen pa gen ni ale douvanjou

Ni ale pi lwen pou bourik poze

Militans ap toujou la pou boloze

003.- BOLOZE

Solèy cho

Kay koule

Grangou

Fatra tout kote

Gwo van ap jete pyebwa

Dekouvri kay

Kouvri salopri

Anyen pa nwi bolozè

Se youn ou ye

Sa w tande ki regle

Sa ki te janm regle

Depi ti pil vant ou detire

Figi w fè 2 pwent

Tankou bit patat

Gwo melon pandye

Nan pye kalbas

Sa w bezwen ankò

Depi ti pil vant ou monte

Pou w ap gonfle

Nan fè pete sant malediksyon

Sa w bezwen ankò

Se vre gen nan nou

Kite ap volè bwat bilten

Pou ale vote lwa

Nou bliye si w pa ginen

Ale vote regleman

Nou bliye konbyen w nye manman w

Wap boloze anba kay koule peyi a

Malgre tout batay nan lari

Anba defile maskarad

Malgre moun pa gen lekòl

Se pa pou ou

Pandan vant mòde fanmi an

Tounen klòch legliz nan midi

Bann chanpwèl nan minwi

Eske n ap janm jwenn leta

Nan pen lenstriksyon

Ak pen pou kwape malnitrisyon

Zye w ak konsyans ou anfouye

Nan fant

Nan mitan 2 bit touf flè

Ou pa konn diferans

Nan mitan ijans ak lanvi

Wap boloze

Bèl machin ou

Vit fènwa ap kache w

Verite a pa ka tonbe anba zye w

Boloze boloze w

Pandan lavi

Pa gen bouda chita

Nan drive kay vwazinaj

Ale chache lavi nan lòt chodyè

Chodyè lakay tounen bale mouye

Li anba lapli ap pèdi sans

Aprè eleksyon

Nou panse w tap fè yon travay

Fatra plen chanm nan

Kalmason ap kite glis

Bolozè mete mayo avi

Ti kan sèlman ki rezilta

Oubliye si se pou yon tan

Ou vle fè dappiyanp

Pou w kapab toujou la

Kisa ki avi bolozè

Divòs se dènye liy nan

N ap divòse

Listwa ap fè rès la

Zye li kale byen klè

Mwen pa vle mete w byen lwen tou

Se dlo sal m ap jete

Se pa gode a

Se lespri kap gouvène zak ou

Ki pou kwape

Bolozè pa kapab bouche

Menm yon twou rat

Travay nenpòt bòs mason

Tout bagay egal ak dezòd

Fòk nou deside dekòde

Ak fil transparans

Kote chat ak chen konn plas yo

Nou pa dakò

Lajan peyi tounen kòb ribanbèl

Manje zwa

Vwayeje pou banbòch

Chanje dlo ki nan gòdèt la

Gòdèt la se pou nou

Dlo a sal

Salte tonbe ladan

Zwazo vole yo sal li

Si sous bon dlo yo lwen

Se pran kabrèt

Chache galon dlo

Bokit

Pou nou ale chache dlo

Mete nan godèt

Twòp bolozè

An nou ale chache dlo

Mete nan gòdèt la

An nou ale

004.- ALE

Abèy ale chache nan flè

Sitou nan sa ki sikre

Nan tout mitan fant sakre

Ki melanje ak bon lodè

Mouch ale chache nan salte

Nan retire trip mete pay

Panse yo ap travay

Pandan yo pawoze

Poze kote fatra rete

Pou ou menm ki vle ale

Ale kote w vle

Ale byen lwen

Ale byen pre tou

Ale se yon fòk

Si w ale ranste sou wout

Tankou chen lespri l sou zo

Zo sèk

Zo jwèt

Zo mouye anba vye tan

Zo san vyann

Zo pouri

Zo zwazo vye fistibal lage atè

Sa a se bagay ki gade w

Ale

M ap defann kòz ki pou rann miyò

Kondisyon lavi pèp

Pa vini fè m lalwa

Evite m demagoji

Mwen di w ale

Pa rete la a

Wap mande m sa mwen genyen

Mwen pap fè eskandal

M ap fè revolisyon nan brenn

Mwen travèse laj

Laj mwen pa sanble anyen

Kè mwen pa sote

Pa di mwen gen yon pouse deyè m

Moun ki gen pouse deyè yo

Se moun kap touye revolisyon

Nan kraze lespri pwogrè peyi l

Kouri dèyè tradisyon pou papile m

Bat patriyòt anba pouvwa zam

Pou sitirè tankou w

Yo mèt vyole dwa tout moun

Ou kache yo anba zesèl ou

Se nòmal pou yo fè nenpòt bagay

Pou yo kontinye fè enjistis donnen

Mwen gen yon fòs

Se yon travèse

Kont dezè nan brenn

Ayiti pa merite pataswèl sa yo

Si w pa kapab ak mwen ale

Ale fè wout ou

Lage peyi a

Sispann konte pòch ou

Nan lis ijans peyi a

Sispann kraze bouda Ayisyen

Ale

Se zèv ou

Se lenjistis ou vle

Ale

Frape

Ale

Pou m wè nan nou

Kiyès ki pi gen yon pouse dèyè l

Ale jwenn yo

Ou pa jwenn mwen

Ale

Ann sispann mouch

Ann ale tankou abèy

Mete manje nan tout bouch

Sispann fè gwo vèy

Pou moun grangou touye

Yo nan sèkèy byen makiye

Tankou nou pa konn verite

Ki mete yo sou wout defile

Pran wout ale dechose

Ansanm

Ann ale

Pale verite

Ekri verite

005.- KEK VERITE

Devan lakou m ak katye m

Mwen se timoun ki grandi

Nan bay granmoun respè

Devan yo mwen egare ti sezi

Rive tèt anlè

Ap gade yo tankou palè

Gratensyèl

Mwen grandi

Nan bay granmoun

Tout pi gran

Respè

Mwen grandi

Babpoubab ak bouch timoun parèy mwen

Anba lago

Marèl

Mezire fòs nou

Tèt kase

Nan jwe zo woslè

Mwen se ti moun ki grandi

Entènèt jwenn mwen sou wout

Enfòmasyon rive plop plop

Granmoun ki ede m grandi

Nan respè mwen te gen pou yo

Se granmoun respekte

Respekte sa k pa pou yo

Si m gen laj

Mwen gade tout moun nan zye

Menm moun mwen dwe

Mwen wont yo

Se nòmal

Mwen pa yon san wont

Mwen gade yo nan zye

Mwen pale ak yo ak respè

Nan lang kreyòl

Kreyòl se sa yo pale

Nou pale

Mwen pap di mwen pa dwe yo

M ap ranje chita mwen

Mwen pa kwè nan bese tèt

Mwen konnen pito

Lè gen gwo van

Se pou m tounen wozo

Kreye yon balans

Sa pa kapab fè m

Ni pi enpòtan

Ni pi enferyè

Lavi se ekilib

Lavi se balans

Se pou mwen gade

Kale zye mwen

Nawè pa gen bòday

Fok mwen wè

Rad dezòd pa janm soti sou do Ayiti

Soti nan pi gran rive nan toupizi

Lòd piblik se yon chanson san fen

Ki anpeche nou jwenn yon refren

Ki pa nan rèv pou bout nan lide

Men nan aksyon ki ale ak reyalite

Yon peyi tout moun dezòd

Ap toujou anpetre anba kòd

Se pa pye sèlman

Tout zepòl ak men Sèvo l

Drapo l

Dezòd vini premye

Ankò nou poko reveye

M ap pale

Pa deranje m

Mwen deside dekòde

Bagay yo paka rete konsa

Fòk gen yon lòt plan

Yon plan

Ki pap anpeche yo bouche verite

Nan lage plòt

Tankou timoun pwatrinè

Nou abandonen anba galeri azil

Pye atè ak toutouni

Lasosyete pa kite

Menm moun sa yo

Ale pran Ayiti nan azil la

Yo pap regle anyen

Mezanmi li pa ka yo menm ankò

006.- OU MENM ANKÒ

Fwa sa a kite mwen pale ak ou

M ap mete baton sou ou

M ap bwa sou ou

Wap pral bwase ak tòde

Plòtonnen ak deplòtonnen nan menm tan an

Tankou cheniy

Nan nich foumi

Se pou tout bon

Mwen pa nan rans ak grimas

Blemas

Woujmas

Jònmas

Movmas

Mawonmas

Nwamas

Blanmas

Vèmas

Akansyèlmas

Pa gen madigra

Ou deside fè moun debyen grimas

Wap pran yon pòz tenten

Pou kraze peyi mwen

Ou vle detwi tout fòs devlopman

Solèy fè lajounen

Lajounen fè sa l ye a pou tout moun

Limyè lavi

Pou tout plant

Sous ak rivyè yo

Mache men nan men

Pou jenere kò

San plenyen

Pandan wap pran pòz

San kòz

Tankou w se lò

Ou menm ankò

Ou vle pran lapawòl

Ou vle jwe wòl

Fèmen bouch ou

Zam fann fwa

Pale ase nan nonw

Lanmò yon mal bourik

Toujou ranje yon malchen

Si yo pa mete l antere sis (6) pye

Lanmò yon malchen ranje w

Menm aprè 100 jou

Kapital tounen savann pou bèt sovaj

Fatra abiye tout lari

Se dekorasyon

Fèt sendenden

Fatra nan bo ak mouch

Anba zye kochon

Nou bezwen wè yon lòt moun nan ou

Pou peyi a sòti nan labou

007.- LABOU

Daprè nou menm

Sa yo se kote pou nou rete

Nou ki rele tèt nou vivan

Vivan ki gen konprann

Konprann ladwati nan Lanati

Nou vle kwè

Pote rad ak kabann

Dòmi ak konfyans demen ap miyò

An nou pran konsyans

Gwo tanta

Fè labou abiye tout bwat leta

Nou pa wè sa

Espas sa a pap janm di nou

Gade eta li ye

Kale nawè nou

Kale konprann nou

Pou nou wè

Kochon pap tann manje la

Gwo oubyen ti lapli fè labou

Nou tou deja nan pak labatwa a

Se yon ma labou

Pa mete nan tèt nou

Sa ki pi konn naje pap sòti

Se pa yon dlo kap mennen nou

Se yon labou

Gwo bòt se rans

Nou pa gen dwa ap raboure l

Lè chen ap chache ti zo l

Solèy fè labou di

Mwen oblije ap ranje fèy bannann

Pou m louvri akeyi ti zozozwa m

Ki ap pote lanmou ban mwen

Lanmou kole sere a

Kite l vivan

Ak bèl ti pitit kò likid mwen an

Ki toujou ap vini banm ti manyen mwen

Ti souse mwen

Malgre labou

Li lonje ak mwen

Li priyorize lanmou

Nan lespwa

Li kapab pote diferans la

Kite m fè lanmou ak ti cheri a

Vini ti madanm

Ann fè lanmou

008.- FE LANMOU

Fè lanmou san egzijans

San bezwen tann fènwa

Veye ti frè w ak ti sè w

Mwen nan kandelab la

Pa fè pye m mal pou granmèsi

Se yon fant zotèy anba bouyo

Ki pran chofi li mande awoyo

Pwodwi siwo nan yon gratèl

Gratèl ki pote yon dousè san detay

Se mwen ki pou grate l pou ou

Nan grate kote ki dwe grate

Se gratèl lanmou an

Pa gen lòt remèd

Se rankontre ak mwen

Tou pre kandelab

Bò tiyo a

Se la m ap ranje chemiz mwen atè a

Pou depoze do w

Pou kase lezo

Karese lezo san bege

Sèlman gwo souf

Eksplike detay chimen plezi sa a

Pou nou pyese lezo

Pou nou mete li dwat

Se lanmou nou an sa

Bò rivyè oubyen nan rivyè a

Bò galeri a oubyen dèyè kay la

Koridò a tou nan ti lago

Ti peze souse

Youn ap kouri devan dèyè lòt

N ap kontinye veye nan fant pòt la

Dèyè rido a kontwòl ap tonbe

Nan kwizin nan

Nan Kwit lanbi nan tout sans

Wap fè tout lanvi pase anvan

Tout rèv lannwit

Tounen reyalite nan lajounen

Wap fè ti kout anlè

Mwen menm tou

N ap plòtonnen

N ap mande lanmou sèlman pèmisyon

Pou nou repete tout jès yo

N ap beni ti bwi nou yo ak fidelite

Ban mwen lanmou

Ann fè lanmou san gade dèyè

Ann reyenvante l

San bezwen solopete l

Fè lanmou

Mande lè

Tout rès lè m se pou ou

Apostwòf yo

Kanpe ap veye zafè n

Nou pap pete ba yo

Yo pap jwenn anyen pou rale

Nou pa wè yo

Kite yo pale

Nou

N ap pare tann

N ap ranje tann

Kou nou pare

Menm lanvi fè pipi

Manje ti vyann frèch mwen

Se menm lanvi fè lanmou

Fòk mwen touche w

O menm nan twou

Ak ti dwèt mwen

Nan twou lonbrit ou

Fòk nou fè lanmou

Krab la pè makout la

Nan lespri gen Bondye

Kite nou fè lanmou

Mwen bezwen ti remontan

Ou menm twou tout tan

Pozisyon yo kreye plezi

Yon sèl pozisyon an deranje w

San sèmante pa ladan

Pou tonnè pa tande m

M ap chanje sa

Ann chanje sa

Ou menm twou

Fòk nou chanje twou

Fòk sa chanje

009.- FÒK SA CHANJE

Menm si m ap fè ti bagay devan dèyè

Tèt anba

Mwen konnen bagay yo byen dayè

Ou laba

Fòk sa chanje pou n wè

Gade byen pou w wè

Mwen te tou piti zwit

Ou fèm grandi byen vit

Mwen sanble ak jenn gason

Ki pa kapab pran lari san kalson

Gen chanjman nan bouda pye bwa a

Zèb fè plas rajeni lespwa

Pou tout kouch moun

Mwen ka pa gentan jwi laj granmoun

Nan kwaze nan chimen jenen ak lanmò

San konnen pati pouri denye nan kò mò

Konnen se ap yon chanjman

K ap pati bliye santiman

Se natirèl

Kay makorèl

Gade se tan sèlman ki toujou ap pran

Pran menm ton li konn pran anvan

pou w wè se swiv

Pa nenpòt sant siv

Kèlkeswa jan an

Bagay yo toujou vini lòt jan

Nan tout kwen tout moman

Fòk se yon van devlopman

Ki pou kondwi van lavi

Lavi youn pou lòt jwi

Fòk sa chanje

San nan kont ak mwatye moun

Tout sosyete tout granmoun

Si yo vle kite mele m ak yo

Se fòs lanati yo ye

Sa ki vle

Mwen wè lanmou nan yo

M ap wè li

Figi lanmou sèlman m ap achte

Erezman

Mwen tande l se yon lespri

Tout moun fèt ak imaj Li

Tout kòz ekriti sa yo jis

Yo sèlman pa lajistis

Se yon chimen ki trase pou sa

Mwen pa nan kont ak tout moun

Fòk sa chanje

Mwen vle

Kounye a si yo vle

Fòk sa chanje

Se pa pawòl ni Jan youn

Ni Jan 2 nonplis

Ni pyès kantite Jan

Se pawòl lespri ki ap revolisyone

Anpil lòt moun ki vle chanjman

Se pa inifòm nou bezwen chanje

Sou menm jwè ki pa itil anyen yo

Se vlen sou vlen

Nou ayisyen ap mache toutouni

Nou pa vle wè

Chak pòs nan leta

Se yon asyèt sòs san gou

Nou sèvi sosyete a

Se yon souflèt marasa

Ki nan televiziyon pou tout peyi gade

Panse se sinema ki ap jwe

Fòk sa chanje

Sa pa nan bezwen

Ni makonnen

Ak kriye

Elatriye

Pou sa chanje

Nou sèlman bezwen ranje

Tout chèz nan sal la

Pou tout moun jwenn plas

Ak

Tout moun nan plas yo

Plas yo merite a

Nan sosyete a

San konte si yo gen kras

Nan plamen ou vant bouda

Pou sa se pou nou rele aba

010.- ABA

Lè yo ap vole

Tout mouch toujou sanble

Menm fason an

Menm moun ki bezwen aba a kont tèt li

Melanje ak tout moun ap rele aba

Eske li vo lapenn kriye aba

Ak menm san devan

San dèyè yo

Yo ap konsole pèp la nan di l "PE"

Pe l nan fransè "tu parles "TRO"

Youn pa pran mizè pèp la pou "CA"

Yo fè l rizib tout etranje ap " RI"

Karès ak gwo souflèt rele l "beBE"

Aba vomisman lajan

K ap plen poubèl

Nan lòt bwat

Aba bann moun sa yo k ap mache mande

Lonje kwi ak krass kalbas

Aba kesyon mande chak jou a

Pou gonfle pòch

Konstwi zokòt divizyon

Pou tounen kontwolè vyann

Jenn tifanm

Tout tivyann

Plim pa bouje

Anba pa dwe danse

Banda pa dwe dans ofisyèl

Pou nègès peyi m

Sinon nèg otorite labatwa

Pral bloke yo anba lwa baton vyann

Aba enjistis sou sanm

Sou nanm

Sou fòs kò ki bay lavi ki se fanm

Sou inosan

San zam pou defann yo

Aba gwo zago

Gwo boyo

Mwen ap chwazi 6 pye m

Si pou mwen anba yo

Aba zafè voye zen dèyè pwason

Ki pa menm nan dlo

M ap rele aba yo

Vini

Kote w

Kote nou

Vini ede m kriye

011.- KRIYE

Pran yon kout moman

Panse ak yon moun ki grangou

San pase anyen nan bouch li

Ki poko wè

Kilè ak kòman epi kibò

Yon bagay pral rive nan bouch li

Konnen yon soufrans konsa egziste

Lè w pase maladi

Kè w pouse gwo kout rèl

Kriye se yon zam tou

Sa fè w santi w rive nan dènye bout

Sa desann jouk nan zantray

Pou w jwenn fòs anplis

Sa vle di w se yon moun

N ap flote nan kreyòl

Mwen konnen lè fanm mwen ap blo m

Ap jete ti dlo

Ap lage ti kriye san pwent pa pike l

Ki diferan

Lè ansanm

N ap mande pou moun kriye

Maladi san sekou Ayiti

Yo fout fè nou mal

Kriye peyi a

Pa gen blòf

Se yon bagay tout nasyon an

Tout ayisyen

Tout abitan planèt sa a ap konstate

Gen rezon pou nou kriye

Fòk nou kriye

Se antèman Ayiti san lanmò

Se antèman Ayiti kap swiv

Pliye nan dra po l

Pa menm yon bwa sèkèy blanch

Kriye pou n pran fòs nan nanm nou

Nan pwofondè nou pou n ka sispann kriye

Pou nou sispann kriye

Se kriye pou nou kriye

Kriye pou kòz tout yon nasyon

N ap konnen kijan kriye pa dous

Se pou dlo kriye nou

Melanje ak tout sous

Pou wouze latè

Lè nou fini kriye

Ann mete vwa ansanm

Pou nou fè bwi

012.- FÈ BWI

Ou grandi la a ak mwen

Ou konprann pou w vini blo m

Jenou atè

Pa menm montre w vle touche m

Se gwo bwi m ap fè

Mwen pap kite w detwi m

Nan fimen mwen

M ap fè bwi

M ap mande lòt moun pou yo fè bwi

Pou yo rele anmwe

Bare chat mimiaw

Pou yo rele anmwe

Bare yo ap lave tout gou sèl peyi a

Fè bwi pou yo konnen nou la

Fè bwi pou yo sispann dòmi

Pandan n ap trennen anba siklòn

Fè bwi pandan y ap bwote epis nou

Fè bwi pou yo egare

Pou yo sote

Pou yo ka wè nou fout bouke ak yo

Fè bwi pou frè Frediys ak Polimens

Kaseiys ak Alisiys konnen

Nou la

Nou santi l

Pwodwi monte desann nan rive

Li fè efè

Fè bwi pou sè Sonia Pankabanna konnen

Nou pa te la

Nou vini

Aprè nou te fini antre ak rantre

Lakay kote nou tout soti

Fè bwi

Tankou timoun apenn fèt

Ki di lavi bonjou nan fason li

Fè bwi pou nou ka respire sa nou vle

Pou anndan nou

Annou respire sant kò

Kò ki degaje lodè moun vle

013.- SANT KÒ

Konbyen fwa yon sant pete

Oubyen youn ki sòti tou dwat anba

Anba bwa

Woy

Men malè a

Anba a

Anba bwa a

Anba fèy la

Dyesibon louvri lespri w

Se pa betiz k ap di la a

Wi

Konbyen fwa

Menm lodè wap degaje

Ou paka pran sant li

Lodè santi bon

Pa janm sòti nan kò nou

Kò nou se sant anraje

Li konn degaje

Si pou nou fè yon ti santi bon

Se lodè konpoze ki pou soulaje

Gen sant kò ki nwi sèvo

Gen kèk sant flanman

Sant dèyè ak twou zorèy

Sant fant bouda

Sant bò kwis

Sa konn rive n tèlman abitye ak sant yo

Nou konprann yo nòmal

Pou yo anba nen nou

An nou pran swen kò nou

Fè nou santi bon

Moun ap pran pòz regle yo pou nou

Men se 3 zwazo yo ap banou

Lodè bouch

Lodè twa grenn lèt

Lodè fatra

N ap pran pòz nou pa konn pran yo

Sitou ou menm

Tout tan wap tyeke bouch ou

Se yon rigòl vye lodè anba nen ou

Pa di m ki lodè pou m pa pran

Pa endike m anyen

Nou tout kapab evite yon lodè

Li gentan lodè

Kouri kite katye pou lodè vyann pa lave

Pou solèy ki pa seche yon kichòy

Yon kichòy

Mwen pa panse ak anyen

M ap mete tout devan

Nan lide kap travèse

Lodè bazilik

Lodè vèvenn

Lodè flanman

Pandan m ap ekri l la

Li souflete m

Gen yon seri de sant zago

Se plenn nan kè

Gen nèg pa envite yo rantre lakay ou

Mayas pri piyay

Mwen pase maladi mwen konn remèd

Yon lodè sant fant Bouda

Se bagay ki pou dekonpoze moun

Sa pral mande kisa w pèdi jiske la

Nan zafè bon lodè

Sèl lodè ki byen fabrike

Ki gen bon lodè

Pa pran li natirèl

Fè l lave l anvan

Si se pa sa tout dyòl ou ap pran

Ou konn sa dyòl reprezante

014.- DYÒL

M ap gade yon seri de dyòl

Mwen ta lanbe

Ou konn gade dyòl Ruth

Tankou tizangi

Gou dous kokoye

Makòs

Mezanmi

Dyòl yo mande lanbe

Wifout

Grandèt pa janm gen gwo dyòl

Gade gwosè ti dyòl Lanbè

Ki pral mete medam yo nan ka

Tonnè

Tonnis

Gras nan bouda mizèrikòd

Riyanyan ala kote gen bèl kalite dyòl

Dyòl flobop

Dyòl pwès

Dyòl blayi

Dyòl gaye

Dyòl plat

Dyòl pwenti

Sa ki jis

Ou konnen

Tankou se lè mas lòtbò

Oubyen isi

Ap mete pantalon

Nan mwa chalè

Bèl bout dyòl pwès

Lòtbò Lasous ak Chatile chaje yo

Ti bouch ak gwo bouch

Tout se kout penso atis Gouvènè lanati

Se pa tout fwa yon dyòl se dyòl

Tankou zèv sa a k ap ekri la a

Se yon dyòl

Moun ap konnen ki gwosè li ye

Se nan apresiyasyon

Pa betize

Nenpòt dyòl ka di nenpòt bagay

Fè nenpòt bagay

Menm dyòl k ap bave yo

K ap degoute kite tras

Make yon rigòl

Se menm dyòl sa yo

K ap fè gout tounen goute

Degoute 2 goute

Yo konnen gou yo

Dyòl nèg la se pou li

Li di

Li fè sa li vle ak li

Kesyon an

Eske bouda li ka peye sa dyòl li fè a

Fè sa w vle ak dyòl ou

Gen malè pou mokè yo

Refleksyon gonfle dyòl li

Dyòl li fè gwo pil

Gen dyòl wi nan mond la mezanmi

Tout pou pale

Tout pou manje

Tout pou respire

Tout pou ede kò a

Kò a ap pouse w

Tanzantan pran sant dyòl ou

Anvan pou w pran pale

Oubyen koze

Moun pa koze

Ak dyòl yo k ap

Kimen voye boulèt

Tankou lapli bann ti grenn

K ap tonbe nan figi

Oubyen voye chalè

Nan peryòd bon tan san fredi

Ala yon lanati

Mwen pap janm sispann

Retire chapo m byen ba devan Li

Devan li

Ti kòm byen ba

Pou m pa deplwaye

Deplwaye pyès frekan ak Li

015.- DEPLWAYE

Lavi moun kòmanse ak yon gout

Gout aprè gout

Li fini tou gout aprè gout

Timoun k ap jwe nan sab plaj

Tout pran nan konfizyon sa k ap pase a

Granmoun yo ak kò yo plise

Pèdi lespwa nan gade bèl kò

Kouvri ak ti bikini

Nou pa kapab ap aji tankou piten

Deplwaye gwo bèl kò nou tout kote

Sou plaj san bikini

Kont vwazen zye

Ki pale menm lang nou

Menm lè nou tout sou plaj

Se pa tout anba bikini

Linèt nwa kapab kreve

Deplwaye sa a diferan

Yon bèl kreyati

Ki deplwaye anba yon sèvyèt

Lapli pare

Zye m toupatou

Pandan tout moun ap prese

M ap kontanple lanati bèl kreyati

Byen kanpe nan bon moman

Pèdi tèt mwen anba kout kreyon sa a

Lanati mete koulè sou li

Sèvyèt tonbe

Manmzèl deplwaye

Mwen wè bagay ki soti nan rèv

Egare tankou premye fwa

Se tankou rivyè anba zye m

Ap koule

Sous dlo gou ap kwape lanfè koutje

Tèt kale mete m kwochi

Pou sèvyèt kite tete l

Desann nan lari

Pran plas gwo limyè

Sèvyèt pa rete toujou

Tonbe sou do pye

Mezanmi

Gade bèl imaj anba zye m

O Lanati m ap transfòme

Gade yon jaden san zètòk

Gen jaden pou w ap gade

Pwent pye w sèlman ou bezwen depoze

Paradi se rèv

Tout plim

Piti kou gwo

Debou

Leve kanpe

Pou salye deplwaman sa a

Li fini deplwaye

Tankou pòpòt bannann

Misyon an se pou gade sèlman

Tounaj la reyalize ak lòt aktè

Kèlkeswa aktè ki responsab

Pou sakle jaden si la a

Li nan paradi ap boloze

Moun konsekan pou lòt

Nou youn gou pou lòt

Gout aprè gout

San okenn dout

Nan tout wout

Nou youn dwe lanj pou lòt

Se pou nou deplwaye konsekans nou

Nan depase sans

016.- KONSEKAN

Pa bò isit

Koze nèg konsekan devan an

Se yon rèv

Tout moun serye ap reve

Yo ap dòmi poko pare pou reveye

Yo pa vle bay lanmen

Ak reyalite fyèl pete sa a

Ki ap kale kòl nan zye klè

Pa bò isit

Se nèg ki te abitye vòlè

Ki ap kontinye san bouke

Rale milyon

Blanchi milyon

Ayiti gen lafyèv

Yo pran sou do l

Ayiti gen tèt fè mal

Yo pran pi rèd

Yo devan pou defann

Vòlè mete do Ayiti nan labou

Ayiti povdyab anba so kabrit

Enkonsekans bouche figi timoun

Yo pa kapab wè konsekan yo

Zam tounen lalwa

Lalwa depase anmè

Nan bouch konsekan yo

Ki sektè ki nan lapè

Anba enkonsekan yo

Anyen pa dekòde

Tout kòd zantray nou mare

Pye nou anpetre

Bouda kay plen fatra

Ap akeyi zanmi tout kouch

Tout travèse tounen dezè

Ou menm ak yon ti bout chandèl

Sonje

Kontinye klere l

Nan jaden chak Ayisyen

Nan edikasyon

Sonje

Lespwa peyi a makonnen ak manti

kwafe ak Vòlè

Enkonsekan

Sonje

017.- SONJE

Devan pòt nou pou nou

N ap tann yon lòt bale l

Zafè nou ap toujou sou kont moun

Ki pap janm regle anyen pou nou

Zafè nou se zafè nou tout

Se pa zafè yon grenn nan nou

Sonje

Sonje wi

Konbyen tèren nou agrikòl

Sonje

Sonje do nou te konn fè l bèl

Ti tè solèy douvanjou sa a te bèl

Gade byen li toujou bèl

Se devan pòt la

Salon an ki pou pwòpte

Anvan lannwit ak lajounen

Kontinye melanje

Nou pa kapab kouvri l ak dra blan

Ble oubyen wouj ak akansyèl

San bon pwòpte a pa fèt

Fini pwòpte l

Nou pap bezwen pyès kouvèti ble

Blan ak akansyèl

Degrade ak mil ti twou

Anpil lòt chodyè

Kouvèti sa a te kouvri

Plen pay ak pousyè

Abiman restavèk la defripe

Voye mande sèvant ki pou vini

Bale ak lave epi rense

Pwòpte pou nou

Yo tout dèyè pòt

Annik kòmanse

Volan peyi a nan men nou

Lajan pasajè yo karese nou twòp

Pwent tete nou ap woule

Yo sansib

N ap woule machin peyi a nan falèz

Dan di wòch

Sispann yo nan karese nou

Fè nou voye

Voye grenn wòch

Grenn bal

Sou youn lòt

Sonje yo pa janm rantre pwòpte vre

Rantre siveye timoun nou yo pou nou

Pa janm bliye

Tout kwen kay nou

Tout riyèl nou ka di nou sa

Ayiti gen yon frechè mò

Byen serye

Sou tab mòg piblik

Ap tann antèman

Tout prèv nan riyèl nou yo

018.- RIYÈL

Lanmizè machande talon

Pri l pa vo

Malpwopte ba li

Pri l vo

Ayiti fache ap voye pye

Li pran joure lanmizè byen

Li pa di malpwòpte anyen

Ou kapab pwòp ou pa frèch

Tèlman Ayiti mete sapat

Sapat ki pa bon pou li

Fòse yo antre nan pye l

Pou yo ap mennen li tout kote

Menm kote ki pa kote

Gade kapital la nan talon li

Tout liy sa yo

Tout chimen grate sa yo

Se riyèl ki nan dèyè pye w Ayiti

Ou pa konnen ki sapat pou w mete

Ou pa konnen kijan pa benyen

Pa foubi kite kras nan talon w

Tout vil pwovens pral chaje

Tèlman yo ap gen riyèl

Katastwòf pou filozòf

Yo pap janm wè riyèl

Nan liv anba lòt lang

Se yon ti kay blòk yo bezwen

Rete nan etaj

Ap gade bidonvil

Katonvil

Klizayvil

Wòchvil

Bwapalmisvil

Doumvil

Bwavil

Lè w nan yon vil

Se konfizyon

Pyès moun pa saj

Tout anba fo vizaj

Se pral konpòtman chwal la

019.- TANKOU CHWAL

Chak fwa youn pale byen fò

Pale byen kreten

Pito nou lèd men nou la

Se prèv reziyasyon

Lè w se moun

Ou pa bèt

Ou gen yon fason pou w ye

Menm lè n ap peye

Frekansite 18 Me

Batay vètyè

Nou pa dwe lèd

Chanm pa dwe tounen savann

Chanm pa dwe kalòj bèt

Menm lè n ap peye

Premye Janvye 1804

17 Oktòb 1806

Nou pa fout dwe lèd

Tèt nou pa dwe gaye konsa

Nan lari a

Anndan lakay nou

Tout kote nou desann

Ki bann sendenden sa yo

Ki frenk bann kenkenn sa yo

Nou gen dwa pou n bèl epi n la toujou

Zansèt yo te esklav deja

An nou kite konpòtman esklav

Ki fè n tankou chwal la

Nou nan yon sèl lakou

Lakwa kay vwazen an

Se lakwa nou tou

Tann dat lakwa pral lakay li

Nou pa janm pi bon

Pawòl twàl sal

Sou do malere

Anpeche nou konsyan

Sispann 2 dwèt

Nan vòlè vyann sou tèt diri

Visye

Zye sèch

Machann peyi

Sòti nan konpòtman tankou chwal la

Se moun nou ye

Ann sispann imilye

Tèt nou anba pwela

Kapèt

Fo cheve plen tik

Cheve plastik

Mwen prefere tèt kale nan kalkil

Pou m pa sakle vye zèb sa yo

Ki nan konpòtman nou

Chwal manje sa pou l manje

Rès zèb la pou sakle

020.- SAKLE

Lamitye

Mwen wè wap kouri dwèt

Nan touf do zèb gratèl

Pran san w raze vye zèb

Deplimen eta do sa a

Ki chaje ak mòpyon

Ba li sitwon

Lonje li bay yon solèy

Pou w kapab rete kote moun ye

Lamitye

Tèt ou ap senyen

Li ka pa chak mwa

Gen pou moun se konsa li ye

Se yon nesesite

Ou paka kite anba zesèl ou konsa

Sakle l

Nan bagay grenn ou yo

Fè zèv lekriti sa a sakle tèt ou

Ak tout anba w yo

Oubyen ou rete dangriyen

021.- DANGRIYEN

Fyète n pèdi sans

Fòs nou bwouye ak soufrans

Kilti n ap fòse n Ayisyen

Sosyete n wè n dangriyen

Nou pa griyen l pou kontan

Revèy nou bloke sou tan lontan

Nou pa nan 1804 ankò

Reveye w papa Loko

Kounye a nou nan tan kouran

Nou pran nan kouran

Lè nou kanpe nan vye ran

Nou rete tou griyen

Nan tann jwèt oubyen ponyen

Bagay serye pa gen jwèt

Bòkòt konbyen ki pa griyen anba grangou

Se tout kò ki griyen

Se pa ti jip ak ti pantalon ra bouda

Ba bouda

Se gwo blag dan griyen

Kout pete kite kote pou l griyen

M ap mete pawòl sou papye

Li te egziste anvanm

M ap mennen li konsa

Mwen alèz

M ap pran blag

M ap voye blag monte tou

Dan tout moun rete griyen

Pandan peyi a ap kontwole pwatrinè

Plis diritrinè ak doktrinè nan lang prete

Tout kalite visye ap griyen dan sou li

Yo fè peyi a pran nan kouran

Kèk grenn mo fransè

Fè nou tounen agranman

Nan pran pòz fransè

N ap souflete tèt nou

Nan griyen dan sou tèt nou

Pale fransè ki plen yon bak

Pa fè nou siperiyè

Dyòl pete ak dan kase epi pye sitwon

Tout rive nou youn lòt

Nan sanble tèt koupe ak bouro nou

Gwo tap karese boubout

Fransè se igwaz ak danno brenn nou

Kolon ap griyen dan sou nou

Lè jiskaprezan

Nou vle sanble ak yo nan konpòtman n

Nan abiye ak nan aksyon n

Boule po pou n jòn

Jòn sitwon

Nou san yon (101) wont

Sispann moun ti koulè siperyè a

Po jòn pa vle di bèl

Chanje po se enbesilite

Ala mal pou nou

O entèl ou vini jòn wi

Dlo a ap koule byen pou ou

Ou ta di m sous ki fè w jòn konsa a

Nou wè dan griyen an

Kole l oubyen dekole l

Se menm ri sansès la

San makonnen ak kreyòl nou

Dan griyen sou nou

Gen moun ki ap bat bravo

Griyen dan sou nou

Madanm nan ansent

Se kawòt li bwè

Pou pitit la kapab jòn

Mwen pa nan sèmante plis

Kite m fè soupi

Si yo gen santiman

Se pou kè yo kase

022.- KÈ KASE

Sou ou mwen pantan

Bouch ou fè yon O nan sezi

Ou di O Jezi

Mwen reponn O Dantan

Boul zye w yo prèske soti

Ou rete san chanje pozisyon

Nan tèt mwen tout kalkilasyon

Mwen santi m piti plati

Ann kriye O Lanati

O Lanati

Youn lòt kwaze

Mwen bare w k ap djaze

Nan bit patat ki tounen mant

Ou te ap souse tout fant

Kè kase pran kontwòl

Mwen pa ka kwè

An bon jwè

Wap jwe tout wòl

Prezans mwen pa te egare w

Jou mwen te bare w

Wap mete baton vyann

Nan Ev mwen san sispann

Menmlè sa fè lontan

Mwen te fè yon kout Adan

Mwen pa flobop

Mwen gen dan nan danm

M ap peze devanm

Ev sa a twòp

Mwen plis anvi mòde

Nan plas dekòde

Olye pou m ta pete goumen

Kouvri baton mwen ak 2 men

M ap jete swe

San mwen pap jwe

2 pye m pa kapab kenbe

Vwa m kòmanse tranble

Mwen tankou gen plon nan pòch

Motè kè m ap mache tankou l plen wòch

Mwen imilye

Tout pawòl mwen gaye

Mwen bezwen yon bon mato

Mato serye pou m kase kè w

Tankou wòch yap kase bò rivyè

Wap voye baton tankou

Ou tounen paran

Ki ap kale timoun dezòd

Ki mete tout gran panpan

Anba kostim fache yo

Tout deside mete baton

Voye baton

Se kounye a mwen kwè

Mwen se Sentoma

Reziyasyon abiye m

Kè m kase

Plizyè ti moso

Pil ti kraze

Mwen pèdi pye

Nan obsève

Tout piyay wap jwi

Aprè tout sa jaden Ev mwen ofri

Ou manje tout fwi

Menm yon ti pòm ou pa kite

Pa menm yon mango

Longè poto pilòn yo pa vle ofri

Kilè omwens yon jaden

Li pran twòp baton

Tanpri

Ba li yon mango

023.- MANGO

Kòlè m sele m

Fache m ap galope m

Chak ane se veye moun

Yo bon yon sèl kou

Yon ti tan kout

Tout moun grangou ankò

Mwen pa konnen konbyen B

Nan vitamin ki ap pawoze nan li

Malerezman pou Ayiti

Politik pa kite yo wè

Tout bòzò grenn bwa sa yo

Kraze bouda moun ki pran chans

Mwen tande radyo

Pa gen kanpay pou li

Mwen gade televizyon

Se pou patripòch

Mwen ale sou entènèt

Bandi se sèl plant legal

Ayiti pwodwi kounye a

Mango se richès

Li plis pase yon pyebwa

024.- PLANTE + PYEBWA

Yo bouke di nou

Li se lavi

Mwen pap mande w

Pou w plante l nan mitan lanmè

Bon konprann mwen pa nan bwat

Ni nan plas kote lespri bouche

Pawòl pa nan gwo pantalon

San sentiwon

San bretèl

Kanpe devan ap di vanse

Ti pwent pike devan

Nan mitan jaden sèlman pa sifi

Tout kote

Plante l

Pa itilize tout twou

Tankou twou rat

Twou chouchou

Twou foumi

Twou epeng titèt

Twou dan

Twou ba dous

Plante anpil pyebwa

Divès pyebwa

Fatra ap sispann desann granri

Makiye tout riyèl

Abiye avèk bikini Frape 2 kout fa

Youn chak bò machwèl

Nou bliye yon grenn mayi

Bay zepi

Zepi bay sakpay

Nou bliye yon grenn mango

Bay yon pye

Yon pye chaje kamyon

Ann sispann grangou

Plante pyebwa fout

Mete fimye

Bèl touf fimye

Byen founi

Byen krepi

Pyebwa ap grandi byen anfòm

Anpil lavi ap sove

Lanmè pa bezwen plis sale

Plante pou pyebwa

Kenbe sèl tè a

025.- DLO SALE

Gen dlo

Tout kalite

Nan anpil kwen

Nan plizye zòn

Genyen ki jwenn li sal

Genyen tou fòk yo mache pou yo jwenn li

Nou ka reflechi nan zafè jere lanati

Li la pou sèvis nou

Tou piti

Lè razè antre san frape

Li chita ap gade nou san bat zye l

Manman m pa neglije di l

Li pap kite nou konsa

Kanmenm yon dlo sale ap tonbe

Yon bouyi vide

Yon ti dlo fèy ak lay

Yon dlo sale

Dlo dous pa dlo sale

Dlo sale

Sale

Dlo sa gen konviksyon

Li montre w kisa l kapab fè Li pa anba anba

Li ap frape w ak vag li Li ap ba w masaj

Li gen pouvwa pouse w

Alafwa rale w

Dlo sale netwaye blese

Pa tout sale

Mwen pa vle kenbe kras

Peyi m gen moun ki ka fè li tounen

Dlo sale

Dlo sale poze l

Anba lòd Lanati

Dlo sale

Sale

Pou flanke tout kras deyò

Pou yo chache ran fimye yo

Ann tounen dlo sale

Pou lave

Dezabiye tout blese

Mete yo toutouni

Mete deyò tout kras

026.- TOUTOUNI

Se pa rad sou kò mwen pa wè

Se anndan an

Byen fon

Toutouni

Moun gen rad

Yo toutouni

Gen anpil rad tou

Pa gen moun anba yo

Toutouni

Tout pòch yo lanvè

Tankou rivyè

Anyen pa kouvri l

Glise desann anba zye

Mwen wè w

M ap gade w la a

Ou toutouni

Ou paka deplase

Pa kapab fè wonn pòt

Ou pa fou ni anraje

Ou pa di m se lè sa a pou ou pran lari

Ou toutouni

Pa pran pòz ou pa wè yo ap gade w

Pou w ap kouri file

Pase rantre nan kwen lòtbò a

Lè pa gen pwen deplase

Pou pwen rive

Lè aksyon yo

Pa pote pyès bon rezilta

Peyi tankou tibebe

Si granmoun pa pran swen li

Tout benyen ak manje l

Se tankou ti bèt 4 kwen bare a

Ayiti tounen definisyon toutouni

Tout lestomak nou

Dèyè ak devan nou

Anba zye tout sosyete

Tankou moun tèt pati kite kò

Nou toutouni

Ou toutouni

Chache rad mete sou ou

Wap fè nou wont

Ou mèt kite tèt ou taye

Pa rete toutouni

027.- TÈT TAYE

Tout tèt taye pa gen menm domèn

Grenn sa a se gade l prè

Li pap fouti menm lè li lwen

Sa rive mwen tout tan

Mwen tonbe gade byen lwen

Mwen wè yon manzè

Bèl bagay byen lwen ap vini

Kout kreyon an

Mete m sispandi

M ap bave kareman

Moun ap pale ak mwen

Mwen pa okipe yo

M ap kontwole ti manzè

Tout venn mwen ap karese m

Ti tonton gentan ap fè pwojè

Pwojè ki pa mou

Pwojè tire long

Manman mwen

Gade yon bèl ti zwavo

Bèl plimaj

Ti zwazo a pa vole

Chak demach li

Se mouvman zèl

Se tèt zotèy

Talon anlè

Chèlbè l reponn prezan san pèdi kadans

Manmzèl chèlbè

M ap file lang mwen

Mwen gentan ap chache pawòl

Bow

Li frape ak yon machann pistach

Pistach vole gaye tout kote

Lè m byen gade

Padon mezanmi

Plan an pa rive

San pèmisyon

M ap retire

Grenn aprè grenn

Tout pawòl

Tou mo frekan

Ki te kalifye anfòm ti manzè

Mwen te bliye

Si gen moun

Koulè akansyèl se drapo yo

Mwen oblije repliye

028.- REPLIYE

Nou paka ap atake konsa

Gason ap tonbe nan kan n sèlman

Kout pwen ak boutèy

Tounen marasa nan lestomak nou

Repliye

Gade kijan pou n rekòmanse atak la

Nan kwen kote nou ye a

Si nou rete ladan l

Yo ap toupizi nou

Repliye sou nou menm

Repanse

Rekalkile pou nou ka fonse

Fonse ansanm wi

Rasanble plis fòs

Pou nou fonse koulè

Pou tout zye kap travèse kanton an

Pou yo ka wè l

Lè l parèt fèb

Flou

Fade

Se pou nou pran tan nou

Fonse l

029.- FONSE

Fonse trè fwontyè lamizè ba li

Ba li

Li pa kesyon nou rete blaze

Fòk nou fonse nou

Fonse koulè drapo

Lapli ak solèy mediokrite plis lodas

Fini blanchi

Fini ize

Fonse koulè nwa a

Fonse koulè drapo a

Fonse koulè Lanati

Fonse koule vèt la nan jaden nou yo

Mòn nou yo

Bò ak tèt rivyè yo

Pa dakò rete dèyè

Nan yon liy blanchi

Kite solèy la twopikal nou

Li gra oubyen li zo

Anba gwo seren oubyen tilapli

Menm lè lanmò gen jou oubyen san jou

Se lavi ki di n se lòm

An nou fonse devan

An nou fonse ale jwenn limyè

Ti kal sa nou genyen an twò fèb

An nou fonse sou liv ki ap dekòde a

An nou fonse sòti nan fènwa

030.- FÈNWA

Fènwa anvayi jaden nou yo

Nou pa wè kote pou plante anyen

Fènwa nan edikasyon nou

Nou tout pa bezwen menm kantite diplòm

Youn ap montre l siperyè lòt

Se fènwa

Nou youn vo lòt

Nan yon diferan pozisyon

Ann fè limyè nan plas fè nwa

Fènwa

Nan chimen devlopman nou

Pye n nan mitan gwo ma labou

N ap kraze vè

Pi devan parèt pi fènwa

Kontinye konsa

Se prèv nou abandone tèt nou

Nan fènwa

Bout metal ki ap fann fwa patriyòt

Foule nou plis anba labou

Nan fènwa

Nan tout ang

Demen nou parèt fènwa

Fènwa ap banou brimad

031.- BRIMAD

Menm jan gen brimad ki bay kansè

Gen youn oubyen kèk ki nesesè

Se brimad sèlman

Tout pati nan kòm

Ak kè m ap pran

Anba egzistans ou

Koneksyon nou tounen zip

Kite nou zipe san bouje plis

Lè w ap defile devanm

Gade w vle pote m ale

Kouri pou m touche w

Pwente w ak dwèt mwen plizyè

Derape w gen yon bwase

Yon gouyad ki bay demach ou

Yon elegans k ap bay kè m brimad

Menm bouch ou lè w bwase l

Li gen yon fason pou l rale m

Mennen m sou pwès li pwès la

Kote m ap panse ak yon siwo myèl

K ap koule

Woule glise desann

Sou do yon gato

Gato chokola w

Twòp dous pou m vale rapid

Ou bwase senti w chak fwa mwen tape

Tape ti kiyè bwa m nan

Nan chodyè siwo a

Ki byen cho

Sou wòch dife brimad jenès la

Mwen pran pozisyon pou m layite

Fè ti rantre tou piti

Souvan byen fò tou

San pran san mwen

Bliye si delikatès egziste

Bwi vwa w flote

Eskandal li ap pyafe

Li bay yon mizik

Se pa yon mizik vwa tòl

Se jan ou rele m nan mizik la

Fason wap tranble vwa w

Ki mete m nan bwase tou

Lage nou nan kous

Ou derape avan

Menw kite m rive avan

Malgre w toujou pi rapid

Rezistans ou kenbe nou sou wout

Fatig pa egziste

Motè w toujou anvayi

Anvayi ak tout vitès

San eksè yo

Toujou fè l konsa

Sa fè m byen

Chak randevou machann dous konsa

Mande kiyèbwa

Byen bwase dous

Ak gwo bèl chodyè pwòp

Kote Kokoye

Tounen premye sous dous

Krèm melanje ak epis dous

Pou brimad yayad banbile

O wi

Brimad yayad fè m byen

Fè n byen

Fè byen

032.- FÈ BYEN

Pawòl tout moun

Pa fouti aksyon tout

Genyen se nan vye kou yo pran

Yo pa fè sou moun

Yo antre tèt yo san di fout

Konsa yo pap rele yo frekan

Pa kriye pou yon byen ou te fè

Ki flanke w yon kout dlo fwèt

Pa janm sispann di pou byen fèt

Bliye tout engra moun fè

Fè byen

Ak yon men

San lòt la pa konnen

Se pa sa w pa bezwen ankò

Sa ki gen kalite

Ki vo kichòy

Se gwo Levanjil

Tout gwo etikèt

Kalifye ak enterè

Ravèt k ap pwomennen nan fetay

Pou evite tout bèt atè

Chache kouvèti

Pou kouvri vye kout kreyon

Se kanpe bò rivyè

Makout byen

Byen chaje

Fòse chwa pote anba galonnen

Ap plen rivyè

Gen gwo limit nan fè byen ak bay

Ede tèt ou fè l

Fè byen

Aji nan silans

Ou pa oblije fè byen

Pou chak gwoup bò chimen

Oblije konnen

Ou jwenn bèf sou wout

Rakonte l zye m te gen kras

Ladan ou te lage kèk gout

Menm lè bèf ak mwen ta menm ras

Lajounen rete lajounen

Lè l la lannwit pa konnen

Fè byen

Gade w byen pou w wè

Tout kote w ye ak sa w genyen

Pou wè si se pa byen yon moun te fè w

Fè byen

Pa mande m tankou kisa

033.- TANKOU KISA LA A

Kisa n ap tann

Ki pou kwit anba sann

Pou n chanje tann

Nan sispann

Tann

Soti nan savann

Rive nan sa pa tann

Nenpòt sa ki reprezantan

Oubyen jwe wòl palman

Pou fè n konprann

Nan kisa nou pran

Nan mivwa n nou wè simagri

Ta sanble nou pa rekonèt li

Nou anvayi

Peyi a gen anpil gwo tèt

Soulye klere nan fatra

Ap fè zuzu

Fè pwenti

Ak gwo pòch pantalon tanbou

Yo tout fè ONA tounen chwal

Lage yo lòtbò rivyè

Pou pye yo pa mouye anba detay

Devan tribinal pèp egare a

Prete plizyè milyon goud

Plen pòch

Akize kabrit ak kochon

Kwape envestiman nan jaden

Se la vant mwen ye

Nou ye

Yo gwòs lajan

Fè l jete timoun

Lajan an pa kapab fè pitit

Pou devlope peyi a

Tankou kisa la a

Mwen prefere koupe branch bwa a

Tan pou bèt san zèl sa yo

Ap monte pawoze sou tèt mwen

Ap voye plòt tout kote

Tout kote mwen ap mete pye

Tankou kisa la a

Nou se moun

Nou gen pouvwa refleksyon

Li posib nou kreye bonè

Youn lòt

Nan kreye ekilib

Se nou ak nou ki pou lave pye nou

034.- LAVE PYE

Pawòl ki kouche san kouvri

Nou kontinye ap pase lwen

San ba li yon zye dou

Lanati toujou ofri

Dezyèm chans ak mwen

Ak ou plis lòt yo tou

Lave pye tou nwa

Ap banbile sou paj koulè blanch

Se mo mwen prete nan langaj ayisyen an

Travèse reyalite verite k ap pran fòm

Se pa rale grat mete sèl

Li deja gen sèl

Twòp sèl ap anfle w atansyon

Se pito louvri konprann ou

Dekòde dwèt malediksyon yo

Ki kouche sou do

Ren nan ren

Ap plòtonen sou kabann inosans nou

Mwen deside

Lave pye w ak dekòde

Yon jès ki pou di w pwòp

Prepare pou antre nan Ayiti

San perèz

San tounen nan jenèz nou

Youn lòt la

K ap ranje kabann

Tann lòt jenerasyon

Antre nan respè

Tab

Otèl beni

Chanm sakre sa a ki se Ayiti

M ap lave pye w ansanm ak tout lòt

Konprann pa sèl zòtèy

Oubyen dwèt long

Se nou

Mwen pap lave youn san lòt

Si yo pa vle w lave pye yo

Voye dlo sou yo

Ale dwat

San mande ki lòt

Ansanm ann desann

Youn lave pye lòt

M ap lave pye w

Lave pye lòt la

Di l desann dòmidous la

035.-DÒMIDOUS

Se pa blag oubyen fraz

Souvan dòmi se yon igwaz

Pou moun ki gen toumant

Lavi pa sanble ofri yo yon mant

Se sitiyasyon Ayisyen

Anba politisyen koken

Nou preske pa kapab di men youn

Li te oubyen bon ak tout moun

Yo trete tèt yo plis pase wa

Jere nou tout lannwit nan fènwa

Ki akouche plis ensekirite

Yo kapab achte elektrisite

Peyi chalè

Se nan frizè wap dòmi

Ou vini danjere

Lè nou pran plenyen

Eta mizè nou

Ou pran pòz sou

Devan kleren nan pwoteje

Vòlè resous barik tafia n

Se nòmal

Ou gen dòmidous

Wap dòmi

Mwen swete kochma

Retire w nan dòmidous

Pou tout fèmen zye w

Se gwo fòs endepandans yo

Ki ap ba w presyon

Plante latè

Envesti nan lajenès

Pwoteje ansyen yo ak zanfan yo

Kòm ou se yon sezi

Wap sote nan dòmi an

Prese louvri twalèt

Rakonte kochma

Nan moman pou nou entèprete l

N ap gentan twò nan danje a

Tout kò nou ap gentan nan cho

Ou sote sou dòmidous

Leve bonè se kle

Lè w ap fè agrikilti

Agrikilti se bagay twopikal

Avan solèy leve

Ou dwe kite dòmidous la

Pou w plante agrikilti nou

Wouze kilti nou nan tout pwent

Byen dòmi se sèl plan ou

Tout kote

Nou anba danje

Ou soud

Ou pa tande

Ou pèdi tout sans ou

Sof wout bouch ak pòch ou

Tout pye chèz kase anba tonèl la

Tout bòs yo la pou ede repare yo

4 pye tonèl la ap tranble

Si nou pa degaje nou ranje l

Pwoblèm yo pap sèlman nan

Dan ak je

036.- DANJE

Dan ak je

Poko janm pwoblèm

Lè tout ou menm blèm

Ou kapab evite yo danje

Lè yo bwose ak lave

Neglijans ap antrave

Tout rès kò a

Si nou nan fè bòzò

Ak dan nou san bwose

Je nou san pwòpte

Kounye a nou kite dèyè nan zoukoutap

Nou ap boule lòt etap

Dan yo gentan pouri

Nan figi tout salopri

Pran swen je se pa yon mit

Nan kò moun li pa gen limit

Pa ka itilize je pa yon jwèt

Menm lè l pa kapab wè dèyè tèt

Se devan li bezwen brake

Pou se batay devlopman n ap atake

San dèyè vye bouda pap rale n tounen

Mete n chita nan vye chimen

Ki pa kapab woule yon kabrèt mayi

Tèlman tout zotèy nou blayi

Li pa twòta pou Ayisyen san lòt

Gade wout lavi san kraze zòt

Menm lè nou ap bezwen linèt ak fodan

Ann bay Ayiti yon lòt demen ak prezan

San danje ak koken

San mizè ak plenyen

San kou anba ti vant ann chanje Ayiti vizaj

Nan ba li wout devlopman pou viraj

037.- VIRAJ

Radyo bay woule tout mizik

Men li pa kontwole tèt li

Gen koub ki devan w

Se pou w rache dan w

Se tankou mango abriko

K ap ofri tòtòt

Gen koub bèf la pran

Devan labatwa a

Ou wè l pap gen viktwa a

Mwen ap gade w

Wap pran menm liy sa a

Pou w evite l

Li chaje vye viraj

Li byen vit kondwi nan

Vòlè ak Zenglendo

Asasen ak Kidnapin

Kadejakè

Vòlè peyi

Trayizon

Ou kapab sispann bandi

Pa di ki mele w

Pran viraj konsyans la

Ki pa janmen di sa pa mele l

038.- KI MELE W

Ou ri tout tan

Plis pase tanzantan

Lavi w se pil kè kontan

Ou se fawouchè

Depi w espektatè pa aktè

Ou pa nan film nan

Ou pa nwi bagay konsa pa mele w

Anyen pa di anyen pou ou

Ou sèl espektatè

Tankou w pa jwe gwo wòl nan film

Sinon film tap sispann reyalize

Demanti tèt ou

Mwen konnen zafè tout moun

Se zafè nou tout

Yon moun kontribye nan tout moun

Di sa pa mele w se rezilta

Tout melanj ki mele sosyete a

Ak konfisyon

Politisyen

Bandi

Ebyen reyalite Ayiti pa film

Sispann di zafè

039.- ZAFÈ

Zafè chwal pa zafè bourik

Lè sa bon ou pa

Yo tout manje zèb

Yo tout se zannimo

Zafè kodenn pa zafè pentad

Yo tout sou menm ban

Yo akize pou mouri menm mò

Yo tout pran menm so

Nan asyèt

Kilè zafè peyi ap zafè nou tout

Moman an rive

Tout responsab lekòl

Ki mete Ayiti ajenou anba solèy cho

Plizyè wòch kenbe nan menl

Depoze sou tèt li

Pou Ayiti leve ajenou an

Kòmanse voye wòch sa yo

Nan dèyè yo

Menm boutfè

Baton bazouka

Igwaz ak po metal yo

Kòmanse

Voye yo tounen

Nan ba yo sèvis ak yo

Pinisyon solèy cho a se pou sakrifis

Plante a nou pral fè l byen bonè

Ajenou nan dèyè bawo chèz la

N ap frenk yo atè sou chèz la

Ann sispann bay pwòp frè ak sè Ayisyen

Menm tretman kolon te konn ba nou

Granfrè k ap prese manje

Pou tifrè l pa jwenn pyès dènye kiyè

O Ayisyen

Kilè n ap renmen peyi a

Ann aprann renmen Ayiti

Ak Konstitisyon an nan men nou

Pa ni nan valiz

Ni anba bwa n

Se nan men nou

Nan men nou

Pou konstitisyon an ye

040.- KONSTITISYON

Sa se pou fèy papye banbile

Okenn definisyon pou ayisyen

Okenn lekti ditou

Gaspiyay

Mande tout moun

Depi w gen pouvwa

Pouvwa politik

Si tout sa w fè pa lanvè

Lanvè ak sa konstitisyon an mande

Pouvwa politik

Plis militans

Bay vwayèl san KONsòn

Y ap mande jenn gason si yo KONn Jòj

Jenn fanm si yo KONn Alsiyis

Politisyen KONfonn

Manje twòp yo KONStipe

Ak KONstitisyon

Ki kesyon konstitisyon sa a

Ki lang m ap pale la a

041.- LANG

Tande kichòy

Gen pale l

Ekri l

Tande l

Epi pran l

Yon jou pou Ayisyen

Yon jou pou letranje

Mwen pa konnen kisa nou ye

Ayisyen plis sanble touris

Nan Ayiti

Konn zafè w la mwen pap tounen sou ou

Se vre wi

Ayisyen alèz nan krèyol

Yo pa vle ekri l

Nan fòse fè plezi ak opresè

Dyare pran yo

Kounye a

Si w pa pale langaj lòt peyi

Ou pa alamòd nan entèlektyèl

Ou eklere lè w fouye lòt lang

Anndan fyèl yon fraz

Ki lang Ayisyen

Gade yon meli melo

Sa w pale nan zafè lang

Nou pote pikwa

Fouye pwòp twou nou

Lage tèt nou

Akize lòt

Nou rele yo bèbè lè yo pale kreyòl

Ki lang pou nou pale Ayisyen

An nou eseye

Pale ayisyen kreyòl

Lè nou di pale ayisyen

Nou pa di bay lang

Nan tout twou

Pa ni pouse oubyen ni file lang

Ni filange lang

Kwape lespri esklav domestik la

Nan bay pèp la kanpe lwen

Nan jijman li

Bal jistis li nan kreyòl

Sèlman poutèt domestik

Te plis anba dyòl mèt Mètdam yo

Nou trete ayisyen tankou bèbè twòp

Nan aji tankou opresè yo

Fòk nou tout ka pale san kè sote

Apresye tèt nou se fè wout

Pou lavi viv ansanm boujounen

Mesye dam lasoyete

Nou gen lang nou

Ann pale ayisyen

042.- AYISYEN

Nou se moun

Nou pa bezwen lòt nasyon

Siyen papye pou di nou se moun

Nou goumen kont sendenden

Pou nou fè tèt nou moun

Premye repiblik nwa lib

Nou fè l anplis yo di l

Nou ekri l ak san depi yè

Wap fè lekti l jodia

Nou gen chans ekri l ankò nou menm

Pi byen

Ou te gentan konnen sa

Kisa ou menm ak mwen fè

Pou nou rete gran devan tout vizaj

Aprann renmen tèt nou

Nou gen yon pwoblèm ayisyen

Ki pa yon pwoblèm peyi

Se nou menm ki pwoblèm nan

Fòk nou repanse tèt nou ayisyen

Mwen pa bezwen konnen tout pozisyon ou

Li enpòtan pou nou gen youn

Anba menm resanblans

Menm pozisyon

043.- POZISYON

Ayiti anvan tout bagay

Pral kwape tout deblozay

Peyi bloke nan sal katye

Kote tout fanmi nou ye

Sa a pa yon pozisyon patriyòt

Pou Ayiti nou gen twòp lòt

Lòt pozisyon pou mete nou sou ray

Devlopman san ogmante tray

Chak Ayisyen ak peyizan

Ki pa nan di yo se patizan

Lè w ale lekòl aprann

Gen twòp bon sèvis pou w rann

Ak yon sosyete k ap trepase

Bò lari ak cheve l detrese

San pyès moun pou ede l

San kouche l pou degrade l

Gòdèt emaye a anba kabann nou tout

Menm lè l pa pou aksyon souf kout

Ede sosyete a trese tèt li

Pou l bèl san nou pa trèt li

Mwen konnen depi w gen zam

Tout pozisyon ou se pote dram

Ou gen pouvwa nan bouda w

Ou prè pou tout vye zak ba w dola w

Tout pozisyon pa egal alèz nan lavi

Sa w jere la a se pou yon moman li pa avi

Menm si n ap ri se ankachèt

Anndan menm nou menm nan gen trèt

Veye anwo ak anba kraze zòn

Anpil kote tounen babylòn

Yo tounen dezè oubyen meprize

Pozisyon sa a pa kapab metrize

Ni zanmi ak fanmi yo

Sèlman ogmante lennmi yo

Menm lè pozisyon nèg ak kravat

Anpeche w wè malere ak sapat

Ou ta oblije wè

San prezans yon makomè

Yon sandal bretèl pa gen dwa

Pa oblije pran plas nan fatra

Ap jere yon zam fann fwa Boyo

Ti piti zago

Gwo zotèy

Pa konn krazay boutèy

Wap mache nan dife

Tankou moun ki nan defile

Sispann Bwote swe

Malere san di adye

Nou nan menm wout

Sispann pete bouda djakout

Ki kenbe lamanjay ak siwo

Pou ede n mache ak twavèse dlo

Ki mande chenn koud ak koud

Nan plas dola oubyen goud

Ann sispann voye lavi nou jete

Anba machin oubyen nan raje

Otorite

San kalite

Kreye grangou

Mete Peyi a ajenou

Ponyèt kwaze

Zotèy dekwaze

Chante yo se mizè

Sèl kouplè

Se plenyen

San lespwa demen

Refren an se katouch

Tout dwèt sou bouch

Bandi pran peyi a ak kout pye

Long pye fo pye bout pye

Anba tout nawè tout pòpyè

Dezòd ak imoralite vini popilè

Bandi plis sanble legal

Ak fòs lòd tout egal

Nou tout ki an kantite

Ap di nou se otorite

Pran responsablite n anvan

Vante van chanjman an

Anvan nou chanje latrin

Ak dènye mak machin

044.- MACHIN

Mwen chita lakay ap panse l

Mwen toujou vle monte l

Pandan kle a pa sa w panse a

Fòk mwen peye l pou m monte l

Ak pwisans kout mato m

Se ranyon anba do m

Ki bay eksplikasyon

Brasay kanaval

Mizik somyè a frape

Kisa sa ye la a

Pito mwen pase pran kèk kabwèt

Anba dra

Chen janbe

Sa konn rive gen bon bouyon

Ak trip bon vyann

Kite mwen kòmanse yon lòt jan

Aysiyen pa fè machin

Chak kapvoum ou tande

Se yon lòt nasyon

Se pa kout pete

Brèt brèt

Petèt

Lè Alsiyis ap ekri nan yon paj

Paj ki mande kaligraf

Kote sans li pa pete epis

Oubyen voye yon ti dlo

Ti dlo

Mouye espas

Wouze jaden lavi

Li pote tout kalite moun

Depi li ka derape

Wap jwenn

Moun pwòp

Moun sal

Itilize li

Mwen gen yon bon zanmi m

Li pèdi travay

Li pèdi yon blòk vyann

Nan koulwa yon ti twou

Nan machin li an

Li chache l san jwenn

Sa gen pou rive m

Mwen paka nan travay avi

Deja tèt mwen pa pou lanbè

Machin ka tounen gwo kay

Ki pou akeyi anpil moun

Bwote yo mete nan lòt nasyon

Machin se bagay ki danje

M ap ajoute tout kò tou

Lè w ap monte l

Ou dwe priye

Rele lespri w kwè a

Wi

Ou dwe konnen lespri egziste

Chak fwa Wap monte machin

Pa sèlman lè sa a

Mwen vle konnen moman sa a enpòtan

Tout moun konnen

Gen machin pase machin

Tout moun ka tizè

Chak moun se yon moun

Yo ka gen pwòp fason pa yo

Pou yo dekòde

Pawòl mwen sou machin

Se gwo dekòde

045.-DEKòDE

Fè kalkil

Depi selilè w gen kòd

Fòk ou dekòde l

Fè kontak

Dekòde ponyèt ou

Diferansye dwat ak gòch

Dekòde pye w

Pou peyi a mache

Fòk nou dekòde lespri kòde nou an

N ap kòde pwela

N ap grefe moso cheve

Tèt nou tounen kapèt

Nou konnen se reziye nou ye

2 godèt diri sinistre

Nou ap poze

Rès la ka pouri

Sadin yo ka gate

Boutèy dlo yo ka vann nan tout boutik

Sa yo se kòd pou nou dekòde

Pou yo konnen nou merite kichòy

Otorite ap tann desas

Pou mare sou do pèp la tout jwèt

Sitou lè zèl las

Se mezi tout kwochèt

Ki fèmen pòt bote

Kote malere rete

Menm lè pa gen pit ankò

Ti sa mwen te genyen an

Batòl fè yon kòd ak li

N ap mete l la ak tout pakoti

Ak tout kòl

Nan kou vagabon ak kravat

Pou nou mare yo

Fè yo konnen se pa tout krab

Kribich

Tout kalite pwason

Ki gen plas nan legim

Mwen te gen yon vye kawotchou

Yoyo chire l

Pete l

Nan monte desann

Pou yo fabrike kòd

Lè yo fini kòde tout

Kiyès ki pral dekòde yo

Dekòde très la

Kout kòd sere ki fèt yo

Nou bezwen regle lòt bagay ak fil la

Timoun pa manje graten

Graten fè yo kreten

Dekòde lang kreyòl

Ki se eskèlèt nenpòt lòt

Lòt sa nou vle pale

Ann aprann ekri l ak fè lekti l

Se sa nou pale

Se dekòde m ap dekòde

Retire zafè sosyal anba kòd

Zafè dwa moun gen twòp kout kòd

Ministè yo kòde zye yo

Palmantè yo makonnen ak gwo lestomak

Mete vant pèp la anba kòd

Yo fout vant pèp la nan prizon

Mare tout trip

Pye ak bwa

Dekòde yo

Dekòde ONA

Sispann prete pou zèv pèsonèl

Lajan asirans pèp malere a

Dekòde pèp inosan pou nou kòde vòlè yo Twòp kòd nan

devlopman nou

Pran yo pou kòde mimi yo

Ti miaw miaw yo

Mwayen ak Gwo miaw miaw yo

Konsa menm machann zoranj

Ap rale yon souf

046.- MACHANN ZORANJ

Mwen rankontre l prèske chak jou

Plizyè fwa nan yon jounen

Kote l ye jodi a

Li merite yon baton majik

Vwa li nan zorèy mwen

Se kout klewon

Chita nan sèvèl mwen

Okipe lespri m

Ap mande m

Pou kisa m toujou ap rankontre ak li

Yon ti panye sou tèt li

Ki pa gen balans yo gode diri

Yon vwa kap tranble

Yon sapat san bon bretèl

Anfouye nan pousyè

Soude ak plizyè kòd

Yon mouchwa ki mare

Ki bare pye cheve blan kalkil pote

Tankou fatra vye dlo pote

Mwen rankontre l

Gade l

Pèdi plezi viv

Kontrarye

Yon panye zoranj ki pou edike sosyete a

Fòk timoun li pran wout lekòl

Kote kè kontan an

Kote limit soufrans la

Fòk gen tout kalite moun nan sosyete a

Fòk ka gen yon ekilib

Sa a se pa yon batay

Se pa konsa moun lite

Se yon mizè san bout

Yon kòve ki depase

Pa gen kouraj

Tout moun chwazi demen yo

Fòk te gen yon prezan

Nan pwoblèm li

Ki pote solisyon

Kijan li viv ak komès sa a

Ki ap bwè l san kite rès

Konbyen zoranj pou li vann

Pou li kwit yon aleken

San grès

Gen anpil lòt kalite komès konsa

Tankou bwa fouye

047.- BWA FOUYE

Si w poko anba yon chalè

Ak yon kayimit pou w fè chèlbè

Pou w nan bèl mwa jiyè

Bon solèy anpil kokoye

Ap twavèse yon rivyè

Chita nan yon bwa fouye

Ou poko janm konn anbyans

Lè w ale lakay nan vakans

Lè w monte kannòt

Se bwa fouye yo rele sa

Bwa a fouye nan dlo

Li enpòtan pou w jwenn pwofondè

Pa pwofondè bon kouran dlo

Pito

Pou w ka pran fòs

Pou w ka jwenn angrenay

Pou w travèse rimolin nan

Li pa fasil pou w travèse gwo dlo

Mwen ta renmen fè kilti sa a

Mwen plis wè li yon egzèsis ki bèl

Li gen anpil plezi

Sitou

Lè w ap rale bwa a epi pou w fouye l

Gen moun chita nan bwa a

Andedan bwa fouye a

Sa ki pral nan mache

Sa ki vle pran ti plezi yo plis twou

Li enpòtan pou nou konnen

Se gòl la ki fè travay la

Nan sa nou chita a

Se yon bwa yo fouye

Se yo ki fè youn

Mwen eseye plizyè fwa li dous

Tout moun dwe eseye

Anvan yo kòmanse fè pon yo

Mwen pata renmen yo anpeche

Bwa fouye yo travay sou rivyè yo

Yo pote moun byen

Moun itilize sabo tou

Youn chak bò

Itilize plamen

Plis tankou karese dlo a

Fè wout pou bwa fouye a

Pa bliye

Li pap posib pou gen bwa fouye

Si pa gen dlo

Pou dlo pa seche

Fòk lòt bwa plante

Ranplase bwa ki fouye yo

Fòk nou plante bwa

Nou tout ki pou fè sa ansanm

048.- ANSANM

Pou kisa yon gwoup moun mete tèt yo ansanm

Yo vòlè

Touye

Kidnape

Detwi

Masakre

Janmen

Mete tèt nou ansanm

Leve eskanp figi peyi n

Tout tèt ansanm

Rezime nan rezo vòlè

Visye

Panzou

Banm tout

Doum gaz nan do

Dappiyanp

Manje pou kont

Reyalize aktivite kwense peyi

Li fè lè san koken

Pou n Wanament

Redefine rivyè masak

Rivyè plen basrak

Rivyè ak anpil jaden

Ann mete tèt ansanm

Pou n bay sans

Ak endepandans la atò

049.- ENDEPANDANS

Ri sèlman m ap ri

Pa mwen sèl

Mwen pran devan

Avan yo kòmanse ri mwen

Eseye di endepandans tou

Pou w wè si se pa ri sèlman wap ri

Premye pèp nwa

Ala kote gen koze

Libète

Endepandans

Se sa nou gen pou nou pran

Sa ki te pase premye Janvye 1804

Se te yon rèv

Reyalite sa a nap viv la

Se anba li pou nou rantre

Li nan tout televizyon

Tout entènèt depi w tape Ayiti

Yon zanmi pale ak mwen konsa

''Mwen pa konprann ayisyen

Pou dat 1804 pase

Yo toujou rete ladan li

Kote sa yo fè pou rann moun ki te fè 1804 yo

Kontan kote yo ye la a

Mwen pa konprann pèp sa a

Yo tout genlè fou

Moun fou pa konn lè l fou

Tèt dwat yo pèdi nan foul moun anraje

Youn toujou bezwen touye lòt

Pou zafè lajan

Yo pap kapab ale pyès kote ak li

Pou tout sa yo touye kote fwi a

Franchman map mande si mwen pa pèdi

Eske n nan planèt"

Mwen jennen

Mwen pa ka di anyen

Defann pyès moun

Mwen te konn fache

Chak fwa yon Ayisyen ap di

Li regrèt li te Ayisyen

Drapo a pran kou

Blese l yo anpil

Li bezwen panse

Aprè kèk kout zegwi

Pou endepandans lan pa mouri

Sou pye

Nan MA DRA PO A

050.- DRAPO

Mezanmi pran plim oubyen kreyon

Ekri si 18 me pa te janm egziste

Si l te tankou yon film demon

Anvan dòmi timoun pa vle kòmante

Yo pa kapab tann yo grandi

Pou bliye si san te koule

Plis pase kafe nan grèp santidi

zansèt yo ekri istwa nou nan kole

kole tèt youn lòt kont enjistis sou po

2 moso twal pou drapo

Sila yo k ap kòde Ayiti

Yo ap frape oprezan ak ofiti

Se vòlè ak tout kalite sak tout gwosè

Tout ministè pou yo ouvè plen aksè

Tankou drapo a se pou yo sèlman

Se kouvri anba l pase twasanzan

Kouri miyò pase lanmò

San dakò mwen mete m deyò

Deyò nan peyi a

Pou yo ka pyafe pi byen

Drapo a nan kou mwen

Li vle toufe m jodi a

Lè l nan pye m mwen anpetre

Lè l nan menm li mare

Lè l sou do m se pwalou dejalou

Tèt mwen pati mwen vle fou

Anpil kote gwo kote

Ki kontan pèp ayisyen

Chwazi dèyè zak fyète

Zansèt yo te bay san yo tankou bon kretyen

Fete 18 me se yon souflèt

Pa fete l se double l kout fwèt

Anpil gwo asanble legliz

Pa mande fete 18 me yo san refiz

Yo kalifye l pou move zèv

O drapo m

Ou anba tout eprèv

Dra ki kouvri po m

Mwen pap janm bliye

Kisa esklavaj fizik te ye

Mèsi Zansèt

Ki te apye san chosèt

Itilize tout taktik

San taktik politik

Kote menm zong

Te yon zam long

Batay la jodi a tout jounen

Li long ase pou demen

Li gen plizyè sekans

Vant kòde ap kraze rezistans

Ki pou ta kwape esklavaj mantal

Nou pran tout trayizon nasyonal

Pou jwèt kay tè

Timoun grate tè mouye dèyè vètè

Pou kenbe pwason

Ak krapo san dlo pwazon

Pou grandèt ki pa vle peye

Yo sanwont vòlè elatriye

Yo gen zouti ki di pou esklav obeyi

Bib la se zouti a mezanmi

Menm lè nou aji tankou manfouben yo

Sonje batay ansyen yo

Drapo m gen yon po

Ann montre kisa nou vo

Tout kote san fè nou piti

Evite pèdi tèt nan grate santi

Nenpòt kote w rete menm nan ziltik

Poli po nou ap kwape tik

Tik pa fèt lòt bagay bay po krizon

Di kay oubyen mezon

Lè w rete yon kote anvan tout moun

Se ou menm ki pou respekte l

Konsa ouap wè kòman tout timoun

Nan grandi ap swiv ak aksepte l

Tout kote san fè nou piti

Evite pèdi tèt nan grate santi

Poli po nou ap kwape tik

Pa kite Po li gen tik

PO LI TIK

051.- POLITIK

Ann pran mouchwa

Siye poli ki pran depotwa

Poli ti chen yo

Pa benyen bay tik

Poli tenten yo

Rezilta yo kritik

Yo poli amwa yo

Leta majik

Yo pa poli memwa yo

Yo poli boutik

Yo poli Pajero yo

Pèp la pèdi ak zero

Yo poli pòch yo

Yo poli mezon yo

Yo poli gazon yo

Poli tik se pi gwo metye

Tankou timoun k ap fè boul papye

Yo pran tout grenn dola senkant

Fè tounen balon nan wonn sant

Nan do pèp la pou tèren foutbòl

Y ap Mate li tankou baskètbòl

Po li tik bay tout moun kanpe lwen

Ban mwen nanm nasyon mwen

052.- NASYON

Nan anndan dèyè lonbrit

Se vant

Pi ba pete eskonbrit

Se fant

Souflèt marye ak jouman

Valiz

Jouman antre nan manman

Betiz

Moun yo san edikasyon

twoublay

Pou yo n bezwen 21 nasyon

Pay kay

Pay kay ap manje kay pay

Pay ak pay ap manje kay

Se pa konsa nasyon fèt

Vodou bezwen byen refèt

Pou n gen kontwòl regleman

Nan tout sektè tout depatman

N ap fè regleman jere

Tout sa k vle dejenere

N ap fè lwa pou sa bon nèt

Nou pap sere nan entènèt

053.- ENTÈNÈT

Petèt li pa 2 pwent ak bib la

Se zouti ki pou fè w lib la

Li montre w konstwi ak demenw

Inivè tou piti nan menw

Pa chita

Bouje pou w wè verite

Pa twòta

Lari a pa sèlman inivèsite

Plizyè branch

Rad tout manch

Anpil paj entènèt

Pa chimen souflèt

Ki pral fè wout

Ak koulout san koulout

Chak jou brenn nou bezwen kapte

Sans nou degaje n adapte

Tankou pase yon bagay nan bouch

Lavi pa redwi ak sèlman kout louch

Sa se pou vant vid

Tòno vid

Brenn grangou ak swaf pratik

lespri entènèt pou n pa rachitik

054.- RACHITIK

Mwen tap kontan gen pouvwa

San mwen pap moun lalwa

Pou m ekri pito rache tik yo

Koz nou sèlman ap tranble sou moun

Nan grate tout kote nan kò nou

Sa n ap pale la a

Pa fizik

Dekòde brenn ou

Rasi

Refleksyon ki bay rezilta 1804

Pa gen anyen pou wè ak

Pwoblèm ki bezwen solisyon nan 2023

Sa a se moun ki gen laj

Kache nan sak pay

Anba pla pye

Yo kout pase sa moun pa konnen

Mwen pap pale de yonyon

Li ka li menm tou

Pou laj mwen konnen Toma genyen

M ap rele l rachitik rasi

Pa grandi

Li anpetre

Li paka leve tèt li gade syèl la

Gratsiyèl

Yo bloke l

Ak yon wout anlè

Nan lespas

Yo tout sa ki pa renmen li

Kite l atè

Yo ap peze l desann

Li pa kapab grandi

Laj la bèl

S il te yon moun

Yo tap di

Moun ki rive nan laj sa yo beni

Malerezman

Nou dwe dekòde

Wè kiyès oubyen kisa l ye

M ap mande m

Si gen grandi pou li toujou

Mwen pa konnen si se laj li ki twòp

Yo monte nan tèt li

Mwen aprann li konnfou

055.- KONNFOU

konnfou se lè yon moun konn batay

Oubyen ap ranmase pay tout kote

Konprann se lajan

Se nòmal pou soyete pran li konsa

Lè yon moun nan sitiyasyon konnfou

Se menm jan m ap dekòde la a

Fòs yon kout pwen oubyen sabò

Yon konnfou pa gen kontwòl

Vwala

Politisyen yo konn karate konnfou

Se gwo koutpwen

Bannann y ap jere nou

Souflèt n ap pran la yo

Pa fouti soti anba ponyèt tèt dwat

Konnfou

Pataswèl nan lanmou

Depi w damou

Sanble tèt koupe ak tranblemantè

Ou konnfou

Kout gidon

An nou pran teras mwen rekonèt

M ap aprann konnfou nan damou

Yon fanm bèl

056.- BÈL FANM

Pa vle di fanm seryèz

Seryèz pa vle di pi bèl

Respè ak fidelite ak devouman

Vle di bèl fanm pou mwen

Pou tout lojik

Bèl fanm se kapasite reyaksyon

Fas ak diferans

Nan nesesite ak dezi

Fas ak nan mitan refleksyon ki gen fyèl

Kote materyèl pa mizik

Pou fè zizye l danse tout tempo

Nan pa tounen pat petri

Anvan kabich kwit

Bèl fanm se konsekans

Ki genyen nan pa lage

Fant janm nan ribanbèl

Fant bouda nan tout lari

Nan men tout kalite wòch savann

Pannò latrin san pòt

San bouchon oubyen san chosèt

Pa siye l nan panno a

Lè w fini lage

Se leve pran kouraj

Ranmase kokad byen rense l

Epi lavi ap kontinye

Bèl fanm

Se yon dèyè pòt

Oubyen yon pannò klise

Ki ap sipòte yon bale

Nan ba l lébra

Ak lékò pou l apiye

Bèl fanm

Se menm lè moman an pa pou gason

Fanm nan konnen kenbe kodad li

Pa oblije pou yon gason

Bèl fanm

Se yon abèy

Ki pran lari

Tounen vini fè myèl li lakay

Bèl fanm

Sete manman mwen

Mwen patap di anyen ankò

Pou m evite tripotay

057.- TRIPOTAY

Zen moun pa gade m

Nan menm fason

Anpil moun pa konn egzistans mwen

Gen moun mwen te konnen ki bliye m

Menm pèt memwa a

Bò kote m

Ale jwenn yo tou

Mwen grandi ak prezans lòt

Tout moun rete ak tout moun sou tè sa a

Mwen konn sa m ap di

Tripotay kreye vye chimen

Plezi visye

Fè zen voye nan bokit dlo moun

Tankou bokit dlo se rivyè

Lang yo tounen baton

Maltrete

Filange

Savonnen san rense moun ak bouch yo

Dyòl ki souvan ap farinen

Lage giyon sou moun

Anpil lakay

Tankou chen

Kite nen yo mennen yo

Kote zen ap bouyi

Bò lari

Anba galeri

Nan biwo

Nan lago

Bò bak fritay

Machann manje

Zen san bout ni vètè

Zen ki bare

Dezòd timoun piti ap gaye

Sache fatra

Anndan tout vye bout kay la

Zen anpeche ayisyen regle zafè l

Travay pa kreye moun

Se moun ki kreye travay

Pawòl ale tounen sa a

Pa bezwen deba

Li plis bezwen konprann

Do ak pla men

Gen 2 gwo fòs ki abite ansanm

Depi se tripotay

Tanpri frèm ak sèm pa envite m

Mwen toujou okipe

Ap fè yon travay

058.- MWEN AP TRAVAY

Travay pa libète tout tan

Gen travay se kòve

Genyen ki ede konprann

Jou mèg ak gwo jou gra

Bal maske

Tout travay pa travay

Tout pa fè menm egzijans Degizman

Fa nan tèt dyòl

Gen fè monnen

Gen fè lajan

Esklav yo te pèdi imanite yo

Anba travay

Bliye kontwole

Semèn ak wikenn

Si mou pa mou

Nou pap konnen enpòtans

Rèd

Solid

Moun mwen ye a

Se erè ki fè m

Karese anba ti vant

Fouye men

Monte desann nan fant grandi m

Travay manman ak papa m

Lanati pwodwi m

Mwen se fwi yon travay

Kèk kout ren founi

Moun mwen ye a

Fè erè nan lavi 1

Nan andeyò tou

Kou kapital

Tout sa ki ap chache travay

Tout lòt ki di yo pa bezwen

Ki ap touche kanmenm yon kote

Mwen ap travay

Nan papye

Laptòp

Selilè

Anpil di

Yo pare kou ak sa ki nan men yo

Ki nan tèt yo

Bouda yo

Dyòl yo

Lestomak tou

Pye yo

Wout pipi yo

Zam yo

059.- ZAM MWEN

Mwen tande mwen gen zam

Si se sa m panse a

Konnen li sakre

Kache nan mitan tout jounen

Pou kanpe lannwit toutouni

Mwen tande mwen gen zam

Li tankou bazouka

Prèske otomatik

Ala bagay

Mwen tande mwen gen zam

Li fè plim

Kreyon

Plim blòf

Tout kanpe

Li souflete ak karese alafwa

Gachèt sansib

Katouch pap fini

Moun

Mouch

Pa pwoche

M ap tire

Grenn mo

Pawòl dous

Piman bouk

Vach

Kochon

Mwen gen tout kalite katouch Pwezi

Teyàt

Sinema anba lavil

Anlè lavil

Sou kote lavil

Nan bouda lavil

Mwen gen chita rakonte

Mwen chaje kou Legba

Depoze san santidi

Nan tout kout bal

Tout kèmès

Rara ak festival ak kanaval

Mwen kanpe yon fason

Menmlè

Zam mwen bare m

Li twò gwo

Gen asirans

Menm anba pousyè etajè

Yon bibliyotèk

Yo ap wè lonbray mwen

060.- LONBRAY

Sa w konprann mwen pral ekri a

Se pa sa

Chak fwa mwen gen yon moun

Rankontre m nan menm bak lekriti a

Se lonbray la

Pa sezi si w pa konnen dimansyon an

Pa ni ranje ni mete pou mwen

Rete kè kalm

Tankou mwen paka kouche lakay mwen

Lonbray mwen ap mache

Pa betize ak bagay serye

Bagay ki pi fasil la

Mwen wè m

Pa ni nan miwa ni nan mirèn

Moun ap gade vizaj

Mwen wè w tou

Menm lè w poko ekri

Menm lè w pa ekri

Ou gen yon mesaj

Ekriven gen detektè a

Tout ekriven ap viv li

Mwen gen lonbray mwen tout kote

Tout kote ki gen moun

Tout kote mwen ka frape limyè

Pwisans ide mwen

Mwen konnen ide

Pou lonbray ide mete nan sosyete yo

Tout inivèsite yo se lonbray ide

Ide di tout moun se moun

Gwo ayisyen mwen yo tou

Anpil gwo potorik gason ak fanm

Inivèsite lavi ofri nou

Ide gran entèlektyèl sa

Tout moun jounen jodi a

Ou kapab konprann fikse nan zye

Menm jan nòmalman

Lonbray pa parèt san reflè limyè

Chak lonbray

Bezwen yon lektè pou tounen limyè

Pa gen ekriven san lektè

Ou kapab bay lòt kout anmwe

Men eksperyans premye

Nan rele l lonbray konsa pou l swiv ou

Tout kote w pase nan simen limyè

Si w konprann

Ann demare eksperyans la

061.- EKSPERYANS

Mwen plis pa mal elve toujou

Lè yon moun byen elve ak mwen

Mwen pa sou moun jan y ap di l la

Lè moun montre m mwen se moun

Mwen plis pa sovaj toujou

Lè moun montre m mwen pa zannimo

Mwen pa yon pakèt lòt jan ankò

Lè moun pa pwovoke m

Plizyè moun konsa tou

Mwen gen kèk eksperyans

Se pa kakakòk ak pipi poul

Pa pawòl kodase

Alam

Klòch sonnen

Se bagay ki di verite

Menm jan ak tout foumi

Ki jennen

Mwen ap mòde

Mwen ap joure

Mwen ap deranje moun ak koze

Koze nou tout abitye tande

Abitye itilize

Pou file fi

Pou mande djòb

Pran yon moun pou moun

Chak fwa li konnen li se moun

Pran yon moun pou moun serye

Chak fwa moun nan serye

Kite eksperyans donnen pou w wè

Ou pa konnen yon moun

Pa ba l tit

Ak nimewo

Tankou li se yon jwè ak nimewo

Pa pran devan ap kouri

Kite ekeperyans dèyè

Se premye malèt pou w pran

Avan rad ak bwòs dan

Se sèl malèt

Ki pa lou

Wap leve l

Pyès moun pap wè

Pote eksperyans

Menm jan

Moun pa kapab mache

Sèl malèt oubyen valiz

Pou moun kite dèyè se sa ki gen

Sikatris yo

062.- SIKATRIS

Aksidan blese make sou po

Emosyon souflèt ekri nan kè

Youn lòt

Kapab

Si

Ka

Tris

Se souflèt lavi

Nan yon peyi malouk

Kote travay ap machande

Gentan gen twòp moun dèyè l

Blese fèmen an

Se yon mak ki pa kapab bliye

Vwayaje kite sikatris yo nan kò

Kite lespri ale lwen yo

Gade devan

Evite lòt sikatris

Yo pa fè po moun bèl

Sikatris

Bay fòs

Pouse pou grenn lyon teke

063.- TEKE

Teke lawo

Se sa nou fè

Nan betiz

Oubyen legliz

Teke grenn lyon

Nan fè kous

Dèyè materyèl

Byen

Lajan

Bliye li se nimewo

Li pa gen bout

Sispann mete tout teke nan menm panye

Tankou zoranj

Youn gate pa vle di tout

Kite tout timoun ki vle

Vle teke

Kite yo teke

Pa anpeche timoun yo teke

Se jwèt

Pa dezòd

Teke mande jeni

Ti moun pa devlope nan plen kwen

Kwen anpeche lespri yo travay

Moman lekòl

Inifòm

Bon rad

Pa pou teke

Grizon ak boul pik

Tout pou teke

Ekran tablèt

Konmpitè

Televizyon

Bande tout plezi

Pench

Woslè

Lago

Montre timoun yo nan dekòde

Kite yo ale sote kòd

Pou yo pa pantan lè kòd ap dekòde

Yo gen ekperyans tou

Pou rasin konfidans pouse

Dekòde tout kalite teke

Nan lakou tout kote

Anba peristil

Ak tout entèpretasyon yo

An nou fikse timoun yo

Tout kouch enpòtan

Ann drese bwa a

Poto a pito

Ayiti pa ni yon bwa kwochi

Ni yon maswife nonplis

Bouda won k ap pete kare

Ap bay popilasyon an kenbe

Delikatès sel egzijans

Ann fikse timoun yo

Sou timoun yo plis

Ann ede yo bay

Moral ak sivik plas

Tout kote y ap pran plas

Sou chèz oubyen ban lekòl

Tout kalite ban

064.- BAN kI DI

Responsabilte paran

Pa jwèt

Nan grandi timoun

Evite ban nan kazèn

Ban touch

Ti ban anba peristil

Elèv ki pa renmen istwa idantite l

Toujou wè

Ban lekòl di

Jodi a

Yo pran kontwòl nan klas

Se yo ki pwofesè

Yo bay pinisyon

Mete tout moun chita

Nan ban ki di

Sosyete a mete w nan ban ki di

Pou jije w

Lekòl mete w chita nan ban ki di

Pou edike w

Ayiti

Tout moun nan konfizyon

An nou dekòde

Lè ban ou di

Li pa sèlman chire pantalon Ak kilòt

Li kraze tout kolòn vètebral

Tout aprantisaj

Vire tout moral tèt anba

Pran lari tounen yon rak bwa

Tout moun ap evite ale travèse

Katouch ranplase plim ak kaye

Voksal tounen moral

Tout yon sistèm echwe

Tout moun vle travay nan ban ki di

Gwo konpayi

Ap pwouve lekòl echwe nan ban ki di

Menm moun ki mazora

Konprann yon gen bèl souri

Nan pa vle montre enpòtans dantis

Ou pa kapab ap fòme elèv

Prepare demen

Nan itilize ban ki di

Si nou pa chanje

Ban sa yo ki depase di

Nou ap toujou rizib

065.- RIZIB

Ayisyen pa ni apresye rara

Ni renmen li nan fòse

Ni rekonèt li se yon blese ki bezwen panse

Yo annik abandone l pou opera

Twoubadou ak konpa

Anba menm mepri a

Nou fè moun ri twòp

Pandan se zokòt frè nou yo k ap griyen

Nou ap pran tan nou

Pou nou karese dan k ap ri

Eta nou ye

Menm dan pouri

Ap ri

Se tan pou nou regle zafè mòtye

Ki pou bay bon beton

Pou bouche zo kòt frè nou yo ki griyen

An nou sispann rizib

Li posib

Se tankou yon dèt sa a ye

An nou kite rizib

Youn lòt

Nou Dwe peyi a ti bagay piti sa a

Ki pou mwen yon gwo dèt

066.- DÈT MWEN

Bale

Wouze

Sakle devan pòt Jaden

Sou kote kay

Gwo gazon

Ti gazon ki sanble djondjon

Wi

Peye kredi m yo

Evite eskont

Kwape pwoblèm

Efase liy fwontyè

Ki vle bare refleksyon limyè

Mwen pa kapab bliye dèt mwen

Pou m pa bouche twou m

Kòb mwen prete

Pwomès mwen fè

Mwen pa kapab kenbe

Dèt lanmou

Gwo bout manti

Kraze kè

Tankou siklòn nan kòlè l

Kraze jaden flè

Ki te pare pou bay bèl rekòlt

Soti nan djakout tonbe nan vaz

Tounen nan sak pay vide nan panye

Panye koule

Dèt mwen dwe nan moun moral

Lavi modèl

Sa chak grenn aysiyen Ayiti

Tout kote ap chache

Sa yo jwenn nan doub sis

Pa rezilta yo swete

Kote tout karès pa egal

Siwo dous

Dèt nou tout pa limite

Sèlman nan zòn kote n rete

Se pa yon igwaz

Lè timoun te konn aprann nan adwaz

Pase nan tablo rive jodi a

Dèt mwen

Goumen lekriti a

Devlopman nan tout sans

Mwen dwe peyi a tout sa yo

Tout kote ki vle m

Depoze yon kout dèyè

Mwen tap renmen fè tout sa

Tankou yon zwazo

067.- TI ZWAZO

Se konsa mwen rele l

Pa mande pou kisa

Wap fè lekti

Entèprete

Bay sans

Li fi oubyen gason

Anlè sèlman li ap pase

Si se katye m

Si se nasyon an

Si se yon zwazo tout bon

Oubyen yon zòt

Ki pran nivo zwazo san zèl

Zanmi lannwit

Mwen konnen sèlman se zwazo

Lè l ap vole

Sote

Poze atè

Poze anlè

Poze nan kakarat ki kenbe panno kay

Se bèl bagay

Yo santi yo lib

Se bèl vi

Ti zwazo kontan

Ap byen mennen

Malerezman

Li pa konnen sa k ap tann li

Lè gen zye danse sou li

Vye fistibal ap tann li

Tout branch bwa

Prèske tounen razwa

Devye taye banda l

Nan poze pou repo

Oubyen pou foto

Anba limyè zye

Pwouve lanati jwenn bote

Nan yo san fòse

Lè yon move zye ta tonbe sou ti zwazo

Se kouri dèyè bèl mizik

Bèl chanson anba bèl vwa

Ki pou reveye w byen nan maten

Nou kwape ti zwazo nan koupe pyebwa

Nan kraze nich yo nan lapli farinen

Nèg ak fistibal

Kwape ti zwazo

Mwen toujou vle konnen

Pou kisa yo kwape ti zwazo

San li pa koupab nan oken zak

068.- ZAK

Zak byen ki kale vwayèl

Ki pa vle kanmarad konsòn

Vwayèl pa sonnen ak vwayèl

Chache yon konsòn

Pou n sonnen yon bon silab

Nan lekòl

Nan fèt listwa

Zak ki pou mete linèt

Nan plas lasi

K ap bare zye

N ap konstwi yon peyi

Se pou leta ka fè zak

Kreve tout bwat yo

Bay lekòl menm asyèt

Menm bòl ble

Menm gode jelatin nan

Menm kaye ak plim nan

Menm pantalon anba jenou an

Mwen pa vle zak zye m danse

Pou zanmi m

Fanmi m ki pran lari a

Nenpòt zak vagabonday ka fèt sou li

Nou sansib

Tout bagay fè nou fache

Fè kòlè sou tèt

Sal lari nou

Boule sa nou genyen

Li fasil pou nou anba zak malonèt

Kriminèl sou frè nou

Tout sa ki sanble ak nou

Ann sispann vye zak

Nou nesesite twòp bon aksyon

Nou kapab fè pou tèt nou

Blòk ak panno nou

Twòp zak malonèt

Nan plante manje

Ki Marasa ak lekòl

Nan plenyen vye kondisyon

Pou bay pèp la yon kolòn vètebral

Ki dwat san kwochi

Mwen pa vle zak lekòl fèmen

Kote tout ban

Vini di

Epi tout moun gen zye danse

069.- ZYE DANSE

Souvan se pa anyen

Pou yon moun ki pa nan sipèstisyon

Se menm fason

Yon moun gen plizyè kote

Pou kontwole souf li ki ap bat

Zye danse pa ta dwe

Ap pran sans tankou frape pye goch

Aprè manman mwen

Kite konn ap repete sa

Plizyè lòt moun fè konnen

Depi zye w ap danse

Gen yon bagay malè nan wout

Se siyal yon vye siy

Mwen pa di manti

Pawòl nan bouch granmoun

Pa janm gen bon lodè

Rès la pa gade m

Menm si nan zèv literati sa a

Lekriti ap depase moun

Li pap tann bon kritik

Mwen konnen tou

Menm si yo di lespri mwen koridò

Koridò se espas ki grandi nou

Tout abouti nan zantray

Ti monte desann nan

Mwen eseye respekte pawòl granmoun

Mwen toujou vle

Fè eksperyans mwen tou

Sa yo di ki lejand

Zye w ap danse

Siveye anwo ak anba

Tout kote tou

Zye danse kapab fèblès

Fatig ki pa gen rès pote

Zye danse

Pa nan blag ak moun

Mwen gen sipèstisyon

Tout bagay redwi ak sa Sipèstisyon

Veye zye danse a

Pa di se blòf

Gen lòt ti pawòl kòde toujou

Tankou plamen grate

070.- PLA MEN GRATE

Se langaj ak jès nou kòde

Pou granmoun pa wè timoun dezòd

Lè w ap mande yon fi kout tèt

Deplase ak ou

Pou ede w jere yon tèt sekwe ki

Pase nan kwen kote

Nou ka youn ap jwe pisin

Lòt la ap jwe plonje

Se yon plamen grate

Ti lago kache

Moun pa ka jwenn nou

Nou ap chache baton

Baton ap chache chimen

Chimen mouye antranp

Lapli

Loray

Moun ki te pati

Vini

Gason pa grate

Plamen lòt gason

Veye

Gen plamen grate

Ki pote boulvès

071.- BOULVÈS

Tou piti

N ap jwe tout kalite jwèt

Kouri machin jwèt fabrike ak mamit

Grenn bwa ki ap mennen kabrèt

Nou pa konnen kisa boulvès ye

Sinon nou ta mande pa grandi

Bato boulvès

Kamyon boulvès

Baskil boulvès

Sache boulvès

Boulvès pran tout woulib

Lè w pèdi travay

Renmen yon moun ki pa vle w

Oubyen kap fè w pase mizè

Pase mizè bay espektak

Tout moun ap peye vini asiste

Kwaze pye

Menm gratè

Chita nan nenpòt plas

Pou asiste boulvès

Yo tounen lesivye

Yo ap lave w

Tann ou tankou rad

Mete w sou menm liy rad

Ak kèk lòt

Ak kilòt

Se yon gwo boulvès

Tout moun ki pase ap ri w

Boulvès sa yo konn yon jan frajil

Se yon boukan dife

Bouda w ap kankannen

Manje pa bwase machwè w

Ti dlo sikre pa desann

Plezi l pou li blaze w

Ou konn ap gade yon machin ki kanpe

Bloke pou chay

Genyen ki konn kanpe plen chay

Ki anpàn

Ala lavi gen boulvès

Pa chache vès ki koud tankou boul

Alèkilè gen tout kalite vès

Mòd ki ale yo tounen

Tout tounen alamòd

Nenpòt kalite twal

Tout ap mete frechè

Menm sa yo ta konsidere blaze

072.- BLAZE

Tann

Nou tann

San pwatann

Vann

Nou vann

Peyi n vann

Sanm

Gout sanm

2 fant janm

Boukante solèy pou fredi

Nou tout bliye rad nou blayi

Lapli ak solèy ap mal nouri

Tan bon tan rèv la se pati

Solèy midi

Solèy se li

Se enèji

Bagèt maji

Timoun piti

Lè pou n grandi

Kò vivan jaden yo kouran

Bezwen solèy lapli ak van

Pou yo leve eskanp figi n

Pa pou blaze drapo lavi n

Tande timoun pitit latè

Sila ki nan liy move zè

Fè n tout lavi n rele l mizè

Solèy cho dlo ak traktè

M Sispèk pou kiyès yo travay

Bon zanmi yo se deblozay

Nou pèdi tout kolòn vètebral

Pòtopwens blaze ak twou bal

Politisyen nan gang san kran

Blaze n tout kote tout ekran

Solèy se li

Pwofite li

Nou anba zye

Sispann blaze

Solèy midi

Pa nan minwi

Se plante fwi

Kite yo mi

Lè l se midi

Solèy se li

Kwape dòmi

Lè pou n aji

073.- AJI

Pran kèk fèy langpanye

Pou anemi an pa gaspiye n

Nou bave san dòmi sou tout pay

Yon dola senkant san detay

Zanmitay pou piyay

Sa a politik lakay

Pou yon peyi

Aji

Se aksepte nou poko ka rale

Tounen aprann chita

Kreye yon balans

Ki pral ekilibre refleksyon

Kalkile nesesite yo

Solisyon yo

Nan lakou

Andedan kay

Nou tout pa kapab

Doktè

Agwonòm

Pwofesè

ekrizewo

Ekriven oubyen ekrisenkant

Panse premye

Aji vini an dezyèm

Kiyès ki pare

Ki lòt ki bezwen akonpayman

Nan jaden nou

Aji nan sans moun tèt dwat

Pa tankou sila a

Ki pran 3 pye l

Ap mache balanse

Tankou timoun ki ap woule sèk

Monte desann

San kontwole vitès

Ak sekous zòtèy ki kapab foule

Aji nan byen grandi timoun yo

Aji nan fè timoun yo respekte drapo a

Aji nan fè yo respekte granmoun

Aji nan respekte youn lòt

Baton kreyon ak plim

Pa bay menm rezilta ak baton boutfè

Ki ap fann fwa youn lòt

Ki fè menm bò zèl

Kote zo kòt nou ye

Pa sispann akòdeyon ki pèdi tout son

An nou aji ak lespri

Chans pap kouche ba nou janbe l

074.- KOUCHE

Mwen sonje kèk zanmi

Zanmi chak fwa mwen ale lakay yo

Yo te toujou ap eseye

Pou chen an abitye ak prezans mwen

Depi mwen parèt

Chen an mande anraje

Ekspresyon vizaj li

Pa te gen anyen pou fè ak renmen

Li te gen yon raj nan vwa li

Li vole sou mwen pou mòde m

Se te klè chen an pa te vle wè m

Zanmi sa yo te toujou gen yon fason

Pou yo fè l kouche

Yo annik karese chen an nan tèt

Li kouche

Gen chen se manyen tèt la

Ki fè yo mande anraje

Tout diferans la nan abitid

Ou kwè kèk lakou sitou nan Pòtopwens

Pa ta gen chans

Mete chen yo Anba kontwòl

Nan karese tèt yo pou lavi rekòmanse

Pye chen yo genlè pa kapad dekole

075.- DEKOLE

Dekole kò w sou mwen

Mwen pa sou sa

Se tout jounen ap tyeke mwen

Mwen pap fè w malonèt

Pou w wont

Mwen di w mwen pap kole

Dekole w sou mwen

Pye w yo depase

Yo pa nan plas yo

Pike kole w la se ou menm ki konnen li

Dekole imaj sal sa yo nan

Chak mi

Chak pòt

Fenèt peyi a

Se nou ki vyolan konsa a

Ayisyen

Dekole etikèt moun sal sa a

Nan do nou

Yon sapat très pousyè tache nan pye

Boutfè byen desine nan men

Mwen pap tape

Mwen pa vle moun tape m tou

Nou pa gen lestomak pou sa ankò

076.- LESTOMAK

Se pa tout sòs ki desann

Se pa tout kout gidon

Lestomak mwen ka sipòte

Gen anpil moun ki pa kapab kontwole

Konbyen vomi

Lestomak yo depoze atè

Lè yo monte machin

Lestomak yo desann nan men yo

Gen dosye pou w ap jere

Lestomak ou pa ka zo

Li bezwen gwo

Vyann chaje l

Gwo nèg

Se pa lestomak kap vini rapid

Blaze anba solèy

Anba fatra

Anba mechanste pwa lou

Mwen rankontre yon fanm

Mwen te gen bèl lestomak

Lestomak mwen te ka jere l

Tout sa ki te enterese m

Sete po fanm sa a

077.- PO FANM NAN

Mwen pa jwenn tit pou li

Se yon tapi tab

Tèlman sa swa

M ap gade l

Li envite m manyen

Mwen pè

Mwen pastè

Kè m ap sote pou m pa grizon l

Fè nan predikatè

Bèk fè

Li te ka vini grizon anba menm

Mwen mete gan

Mwen touche

Mwen tande plenyen

Pou chelèn li te chelèn

Po swa manzè rete nan menm la

Pandan wap fè lekti a

Mwen santi li anba menm

Ou konnen yo rele ponyèt bwa

Tande sa

Lè m te depoze bwa m sou li

Li gen yon ti bwi li fè

Aprèsa

Mwen tande yon pil gwo souf

Gwo soupi

Mwen pa detache bwa m

Ponyèt mwen wi

Mwen kite l la

Ak gan an ladan l

Pwoteksyon pou m pa grafonyen li

M ap pase l monte

Glise l desann

Li ede m pase l tou

Sou po l

Tout kote sou kò l

Po fanm nan

Alafwa soup epi bonbe

Tankou yon vyann peyi

Pou fanm fè m santi l bon

Bon nan bon sant

Sant sante

Sante apeti bon nitrisyon

Krèm lèt pa kapab parèt

Lang mwen konnen konbyen

Gato myèl gou

Po fanm nan tankou miwa

Pwòpte klere

Woy

Mwen pa jwenn kòman

Pyès lòt fason

Ki kapab byen eksplike

Konbyen po fanm nan bèl

Banm yon fason

078.- YON FASON

Se mwen ki pral fè fason sa a egziste

Mwen pa konnen si se ak

Yon tonnè boule m ap kòmanse

Mwen bezwen yon fason pou m file manzè

Anba gwo solèy midi

Se pap maji

Bèl lannwit

Se fason an mwen bezwen

Pou li byen akonpaye ak gad li

Bèl baton pipi

Mwen tankou yon moun k ap mache

Soti lwen

Ki konnen li ap mache

Mache pou li rive

Lè l rive a

Li ap jwenn yon kote pou l repoze l

Benyen

Manje

Bwè

San li pa souse zo sou wout

Se lakay li pou li rantre

Mwen bezwen yon fason

Pou m lage l san swente

Apiye l san kwense

Yon fason ki pa simante

Fant la pap deplase ale pyès kote

Se pasyans ki pou byen konekte l

Pou m tounen chapant

Kontremèt

Achitèk

M ap fè kay

Annik antre san frape

Kay pou m kale kòm

Tankou fason sa a

Poko egziste

Se pa orezon

Se pa atis

Se pa enjenyè

Ki pou trase l ban mwen

Se pou fason sa a tèlman gen fòs

Fòs majik

Dwèt pent

Ki ap pentire zèv

Nan retire rad

Pou mete yo toutouni

Fòk se tankou yon van

Van mwen soufle

Pou dezabiye tout yon galèt

Retire tout sa ki kouvri l

Pou m ap gade

Kontanple

Tankou se yon bèl tablo

Natirèl yon bèl tèren

Plen gazon ap ofri m

Byen gade

Dekouvri kò w

Kote ti pwent tete w sèvi m woutè

Branche entènèt

Anba bon siyal

Nan gade vant ou

Monte desann souf ou

K ap kontwole tempo

Tempo fason

Fason mwen envante

Pou m fè w pise

Pise krèm dlo san kimen

Pise ki karese lang

Tankou kremas

Mwen bezwen yon fason

Pi rèd pase Romeo

Pou m pa mouri

Ni nan reyalite

Ni nan sinema

Yon fason

Pou menm bebeyi

Tounen vwa karès

Kontwole mizik kè w

Dekontwole vitès ren

Yon fason

Goud pa pran zoklo

Aparans pa kapab blaze

Lò pa kapab imilye

Yon fason dyaman pa kapab efase

Mwen bezwen yon fason

Yon fason

Ragou pa kapab teste

Nan lang ak anba dan

Yon fason

Pou m di w

Mwen renmen ou

Mwen pa wè lòt

Bagay nan rèv ak ou

Se wè nou ki ap fè lòbèy

Lòbèy ak ou sèlman

Mwen vle fè

Ban mwen yon fason

Pou lè m desann

Pou m pa trepase

Yon fason pou w

Sere m nan kò w

Pou m pa kapab jwenn mwen

Tèlman ou sere m fon

Mwen bezwen yon fason

Pou m fè dyòlè

Bouchlè

Pou m fè

M ap fè

079.- M AP FÈ

Ak tout moun ki vle

San chwazi

Tout sou latè

Mwen pa genyen ni chwa

Ni preferans klas

M ap fè

Vle oubyen pa vle

Mwen m ap fè

Nou tout se patnèm

Mwen se pou nou tout

Pèsonn pa bezwen ap kaponnen

Rete wè

Kontinye swiv

Pou w wè

Si mwen pap fè

Kijan m ap fè

Ak ki moun m ap fè

Swiv pou w wè

Po blanch

Po nwa

Po grabadin

Po tòl

Tout ap mete yo sou men yo

Pou yo ede m fè

Se nan fè ansanm

N ap jwenn kouraj pou sòti nan tristès

Anba tout vye kaponnay

Se pa kite lòt la ap fè li menm sèl

Se nou tout ki pou fè ansanm

Wi

M ap fè

Bagay anpil lòbèy

Lòbèy ak bagay moun pa ta panse

M ap fè

Mwen pa bezwen reflechi

Fouye tout bagay anba kalkil

Leve pye mete sou kou m

M ap fè

Pou zwazo tout plimay

Tout toutwèl tounen nan nich

Kote anba pye bwa

Bèl solèy twopikal

Fè lavi tounen yon siwo myèl

Kote kè kontan se gato

M ap fè lapè ak tèt mwen

Nan mande grangou

Fè lapè ak kòd trip mwen yo

Mwen mande pou nou fè lapè

Mwen rayi lagè

Li pa itil nou anyen

Sitou kont nou youn lòt

M ap fè lapè

M ap fè

Ak tout koulè

080.- KOULÈ

Se sa ki mete granmoun

Nan reyalite yon timoun

Ki apenn ap aprann koulè

Kite mwen di pito

Nan reyalite yon moun

K ap pentire

Yon moun ki ap pentire

Koulè se bagay li konnen byen

Se sa k fè yo konn di

Yon moun ap bay yon zen koulè

Pou kenbe pwason li vle nan rivyè a

Mwen vle w pran sans ou

Mwen vle konpreyansyon travèse w

Pou w pa pran koulè

Koulè mwen respekte

Se poko sa po mwen montre a

Se poko sa san mwen bay la

Kite mwen di w se koulè vèt

Se sa a ki koulè

Ki kote w pase

Pou w pa jwenn tout moun genyen li

Aprè lanati

Pa gen pi bèl koulè ankò Se koulè lavi a

Se koulè ki anonse w

Gen lavi tout kote

Tout nasyon pouse l

Yo te ka pa vle

Lanati gen Mèt

Si pou m te chanje koulè po mwen

Mwen tap pran koulè vèt la

Koulè nwa poko koulè

Koulè wouj poko koulè

Koulè blanch poko koulè

Koulè grabadin poko anyen menm

Moun kap chanje po yo

Nan koulè pyès lòt paka konnen

Sa yo poko koulè

Aprè lanati ki ka rasanble nou

Mwen te vle mete koulè san

Tout moun gen yon kalite

Lanati bay yon sèl koulè

Li rele vèt

Kiyès ki vle di yon kichòy

Mwen nan lari a ap tann li

Pinga li vini ak pyès mask

081.- MASK

Se sa madi gra pote

Se pa pyès lòt jou

Pyès lòt jou isit

Pa kapab gra

Pou lòt jou yo

Si w tande yo gra

Konnen se pote

Yo pote mask

Ou ka kwè m gen yon magouyi ki pral fèt

Pote mask

Se pa bagay rans

Mwen konnen depi lontan

Anba kòl

Anba vès

Nou toujou wè bèl mask

Y ap bote

Yo kache anba mask pou moun pa wè yo

Yo deplase

Vini kale kò yo

Nan figi tout moun

Vizaj toutouni

Se wòch nan rivyè

Pwofite san konnen wout tèt sous

Wi

Nou pale klè ase

Tout moun bezwen konprann

Se anba mask

N ap pale la a tou

Moun pa bezwen konnen si se nou

Mwen wè mask la gen kòd ladann

N ap dekòde yo

Tout otan ou konn moun

Se konsa mask la ap byen chita

Anba mask la

Yo tounen tout sa yo vle

Yo tout kalite bèt

Y ap pran pòz se mas

Kap fè nou grimas

Se figi yo menm

Gade mask ki montre yon sèpan

Se yo wi

Atansyon pou yo pa pike w gason

082.- GASON

Vanyan

Wòklò

Kilè w gason

Lè w serye

Serye nan tout bagay

Se pa ipokrit

Pou patnè

K ap sere de grenn diri

Pa plis

2 grenn diri

10 kòb lwil

Nan bouda yon poban

Melanje ak yon douzèn grenn ble 2 grenn pwa

Se pa

Gason sa yo

M ap pale

Pou gason

Se gason ki vanyan

Ki pa pè di

Di sa l panse

Jan li panse

Anba bon jan

Bon jan refleksyon

Se pa gason k ap imilye gason

Pou materyèl

Bagay lapli ak vye van kapab bote

Se pa gason k ap blofe fanm

Nan bwè san yo lannwit

Manje tout zafè yo lajounen

Tankou

Pito yon etranje meprize w

Tan se yon patnè w

Frè w

Se youn ak lòt pou nou montre

Hey

Mesye ak nou m ap pale

Montre nou se gason

Gason 10 goud paka achte

Pou yon bilten

Ki pral konstwi gredè

Ki pou demoli eskanp peyi a pi rèd

Nou bezwen gason

Fòk nou chak grenn

Se yon gason

Pa ranste

Nou chak grenn

Fòk nou se yon gason

Pa betize

Nou chak grenn

Se yon gason

Se vre wi

Gason ki pou pa rete ak gason

Se yon kout lanbi zansèt yo m ap lage

Se yon kout twonpèt m ap soufle

Se yon kout senbal m ap lage

Se yon sonèt tankou yon kout klòch

Yon son kokiy lanbi

Tankou melanje ak kout banbou

M ap lage nan zorèy tout gason

Ki refize gason

Nan pawòl yo

Nan refleksyon yo

Gason

Ki gason anwo ak anba

Devan ak bouda

Ki defini tèt yo san pale

Aksyon ap reponn tout kesyon

Tonnè fout

gason

Montre m

Se pa rivyè n ap plen wòch

Gason ki gen wi

Ki pa chanje youn tanzantan

Gason ak konviksyon

K ap pran responsabilite l

San fòse anba sakrifis

Gason ki pap lage pitit

San sekou nan men manman

Ann respekte tèt nou

Lè w konn definisyon gason

Ouap konprann lè w pa kapab ale

Ou voye

083.- VOYE

Pa nenpòt ki kote

Pa nan nenpòt ki fason

Yon wòch

Yon grenn mango

Yon grenn zanmann

Mwen konprann tou

Ou ka voye

Moun ou ka

Moun ki vle

Pa gen timoun ankò

Mwen pap kite pase pyès lespri

Fèmen nan bwat katon

Mwen vini dekòde

Pa voye wòch

Pa voye katouch

Li te ka pou wouze

Voye yon gode dlo

Yon vaz dlo

Yon bokit dlo

Yon pakèt dlo

Pa pran li nan yon panye pou w voye

Si moun pa voye

Nan peyi sa a

Si yo pa kontwole jan pou yo voye

Nou ap gen katastwòf natirèl

Fòk ou voye fatra a jete

Fòk ou konnen ki kote

Kibò

N ap boule sa k pou boule

N ap fimye lòt yo

Resikle nan repare

Voye timoun yo pran dlo mete nan kay la

Voye yo pran konesans

Pou pwoteje tèt yo ak sosyete a

Voye nan bon sans

Kote pou nou voye

San voye pou granmèsi

Gouvènman envesti nan voye

Voye jenès etidye

San granmoun pa nan fè jenès

Anba fo laj

Voye nou

Voye yo

Konsa n ap kouve tankou poul

Bon ze

San kodase

Anpil bon jenn pou avni peyi a

Voye yo etidye

Lakay oubyen aletranje

Bay sanksyon

Si yo pa vle

Mete yo

Voye yo

Fouye yo lekòl

084.- FOUYE

Se pou nou fouye

Rache vye zèb yo

Pa sèlman nan lakou

Anndan chanm nan menm

Fouye rache move zèb yo

Gade salon an

Gade yon bann gwo tèt zèb

Se pou yo fouye

Jouk nan rasin

Tout sa ki pou fouye

Pou derasine move zèb yo

Tout pòch gwo palto yo

Fouye bank yo

Ayiti

Tout kote

Yo sere

Fouye yo

Fouye mantalite

Pou retire mediokrite

Bagay la se yon senp aplikasyon

Mwen di fouye wi

Anpa nou kanpe

Gade yon bagay

085.- BAGAY

Bagay

Gade bagay

Yon bann bagay

Yo plis tèt anba

Bagay pase

Bagay depase

Ak bagay

Pil bagay

Plen bagay

Tout se bagay

Ak sans

Ki konn san sans tou

Itilizasyon an

Oubyen

Pou moun

K ap benefisye l la

Gen bagay pase bagay

Lè yon zanmi w di w

Bagay yo rèd

Se pa nenpòt fason

Pou w ap monte sou li

Fòk ou eseye mete w

Nan dimansyon li vle a

Pou w konprann

Konprann sa k bagay la

Pa bò isit

Nou deside

Fè tout bagay

Fè yon sèl

Bon konsa ou non

Tout bagay pa kapab melanje

Osinon

Si pa gen lòt chwa

Fòk nou mete yo

Nan plas yo

Se yon obligasyon

Si yo pa nan plas yo

Tout bagay

Ap pèdi sans

Nan degringole

Nan fè bak

Nou kontinye ap konfonn

Avan ak bak

Ann kòmanse yon lòt bagay

Nan plas politisyen

Ann kòmanse bay

Pwofesè ak machann fritay ochan

086.- OCHAN POU BAK FRITAY

Mwen se pitit bwat kouti

Manman mwen te konn koud

Kwape grangou m

Ak rezilta bak fritay

Tout bann rara

Kanpe bay bak fritay ochan

Mwen refèt nan marinad

Grandi nan pate

Vakans nan kabich

Lekòl nan bak fritay

Vwayaje piyafe nan pwason

Fè touris nasyonal

Pou m konnen lam veritab

Konnen vyann nan vyann fabrike

Bak fritay tounen inivèsite

Machann respè pou ou

Anvan w chanje papye a

Mete ti tèt pwason sa a pou mwen

Ajoute yon ti pikliz

Nan tèt krazay la pou mwen

Ti manmi gen yon frechè

Bak fritay apèn fri

Tout bagay nan li klere

Tankou solèy midi

Ki anonse pita

Ap gen yon dlo sikre kanmenm

Bò bak fritay

Anpil zen voye

Moun ki ap veye lè sòs pare

Achte pou kèk louch

Ap rakonte sa moun di sou lòt

Lòt ta kache

Pliye kabann katon oubyen koton

Kouri pou yo

Alèkilè

Vyann kabrit pa layite kò l

Nan bak fritay ankò

Se lè krab gra

Gen amizman

Nan ti vyann kochon ak ti bèf

Ou pap jwenn sa nan nenpòt bak

Tout bak fritay pa menm

Chak gen pwòp tempo yo

Menm fòm

Diferan gou

Se tankou yon pwezi

Yon chanson san tit

Byen rime

Jwenn li tout kote nan tout radyo

Ap chante alawonnbadè

Lavi tap manke sans

Sitou lannwit

Si pa te gen yon kònè

Ki pran youn ou plizyè bak fritay

Tout kouch jwenn ti kal

Sila ki pa vle twòp grès

Reziye yo pran omwens

Kèk bannann sèk ki peze ak sòs

Lanmou nan bannann peze

Makonnen ak salami

Akra toujou kanpe lwen

Nan lakou vwazen

Byen antoure

Nou pa plante twòp malanga

Nou pap konnen

Konbyen pate kòde

Ki soulaje vant mòde

Ak yon ti monnen

087.- MONNEN

Se sa yo remèt

Souvan lè acha fèt nan gwo kòb

Nan ti kòb tou

Sa depann de kisa ki achte

Konsa tou moun konn remèt monnen

Tout eskiz bon pou sa

Tout tan

Ou konnen zèv ekriti

Mande anpil nan lannwit

Sa fè nan match

Anpil monnen remèt

Pa gen bon fizik

Lè konsa

Yon fwa yo fache

Bougonnen

Ap fredonnen

Monnen sou tèren an

Sa poko anyen

Kiyès ki gen yon pi bon egzanp

Si posib

088.- LI POSIB

Tout bagay nèt posib

Li posib pou nou libere tèt nou

Li posib

Nan fason n ap di l

Nan fason n ap fè l

Se nou ki pou konnen

Lè l posib

Kijan li posib

Kilè li posib

Ak ki moun li posib

Pou konbyen tan li posib

Mwen konnen li pap posib tout tan

Pou yon bon ti bout tan

Nan sa nou vini pase sou tè a

Posib wi

Enposib non

Tout bagay posib

Pa etone pou anyen

Pa sezi pou anyen

Li posib pou w pèdi

Li posib pou w pa ka jwenn

Sa w pi renmen an

Li posib pou w te genyen yon bagay

Ki enpòtan epwi l anfouye

Se pa yon rezon pou w ap kale tèt

Devan tout moun

Aprann rebondi

Kale yo anretou

Eseye rebondi

Wap twouve l posib

Li posib pou nou viv

Nou Ayisyen

Viv nan lanmou

Nan youn apresye efò lòt

Nan yo pap eseye

Nan pran youn lòt mal

Li posib pou se pa lajan

Pou se lanmou

Pou se pa gouman

Se pataj

Li posib pou piti respekte pi gran

Pi gran fè wout pou piti

Nou kapab bat tout ekip ak zewo

Lè nou fè l posib pou viv ansanm

Nou bezwen jwe

Pou nou kale yo

089.- KALE

Tout fwi ki gen po

Mwen poko konnen

Sa ki pa gen po yo

Tout fwi dwe kale

Tou kale nèt

Di kale pa vle di dezòd

Menm lè lektè

Ap pran mal

Lè m ekri tèt mwen tou kale

Nan lòd ak 2

Mwen dezòd

Mwen te dezòd

Mwen vini dezòd

Dezòd ak mwen tounen yon sèl

Menm jan solèy mare ak lajounen

Se dezòd ki fè nou tout

Ebyen mwen menm

Lè m te piti

Depi mwen fè dezòd

Yo kale m

Paran mwen kale m

Pamwa m kale m

Sèm yo sitou

Pasemèn mwen

Sitou granmoun nan lakou yo

Menm tyès mwen kale m

Alevwè pou segonn ak minwit mwen

Jodi a m ap kale tèt mwen

Si lide m di m

Mwen vle respekte prensip

Pou leta pa kale m

Mwen souvan twouve m

Fèmen nan chanm ak konsyans mwen

Kote mwen fini kite ògèy pran devan

Konsyans mwen toujou vini aprè

Pou li kale m

Se pa ti kale jwèt

Bèl ti Ev mwen konn kale m

Se pa zoklo

Kale mwen di w

Ou pa bezwen ap defòme l

Chak fwa mwen pran pou m kale l

2 bò bouda l wòz

Okontrè

Se Papi li rele m pou sa

Mwen rele l bouda wòz

090.- BOUDA

Pèmisyon pou m di zye

Nen

Zòrèy

Bwa

Bouch

Lang

Se menm pèmisyon sa a ki

Pa anpeche m di bouda

Gwo

Plat

Dlo

Touche l

Lè l ap pase

Li fè vlap vlap

Li nan kòm

Gen moun li fè agase

Gen moun

Ki kontan

Chak fwa

Se pasaj

Yon bouda

Kè yo bat

Lòt jan

Tout voye yon koudèy

Tankou

Kèk kout tanbou rapid

Anba yon kadans

Ki vle pote n ale lwen pwoblèm

Kisa ki ka di

Kisa ki pa ka di

Tout sa ki nan kò moun

Mwen pa ka di yo

Lanati ban mwen pèmisyon

Pou kisa mwen paka di bouda

Mwen di vant

Vant

Yo plat

Yo gwo

Pa twò gwo

Plat

Se pa espò

Natirèl

Grangou tou

Gwo

Manje mal

Anpil

Twòp

Pa nenpòt manje

Nan nenpòt kilè

Gen lajan tou

Sa bay gwo vant

Gade bèl ti vant li

Gade kijan sa swa

Gade kijan sa bay plezi

Nan gade l

Nan pale konsa

M ap mande m

Jis ki kote mwen limite

Medam yo renmen manje tèt kann

Gason yo renmen bouda kann nan

Mwen pap fè sa pou klasman

Bouda mimi pa gen mezi

Lespri limite nou chak

Mezi bouda nou chak pa menm

Tout baton egal menm

Pou nenpòt batri

Nan nenpòt gwoup mizik

Menm lè bouda tèt la pa kapab pi long

Pase nenpòt lòt bouda

Li gen limit

Li gen fwontyè

091.- FWONTYÈ M

Vire tounen

Ou vle konnen

Ki kote m ap ka rive

Ki kote

Mwen vle rive

Mwen di w tou

Mwen konprann deja

Fwontyè m pa yon liy trase

Devan nenm oubyen devan pòt

Se pa ni yon rigòl

Ki ap layite devan dyòl mwen

Nan mitan nou fwontyè m se respè

Fwontyè m

Se ou menm ki pa vle aksepte mwen

Se mwen menm ki paka jwenn padon

Se mwen menm ki pa gen chans

Pou mwen regle yon bagay

Ki ka itil kominote

Se tout sa ki fwontyè m

Mwen pa vle pale de fanm

Fwontyè m tou se yo menm

Anba zye m ki toujou bon

Tout fanm bon

092.- TOUT FANM BON

Ou ka pa vle repete sa

Nan konprann yo fè w mal

Konnen si w reflechi

Wap wè

Ou annik pa vle di yo bon

Yo ka fè w bagay

Ki vini ak plizyè kout klaksòn

Yo rann lavi nou bon

Si w kwaze ak youn ki mezi w

Sa ki pou ou an

Se siwo wap koule ak lavi w

Tout fanm bon

Pa gen bèl pou yon soulye bèl

Si l pa mezi w pou l fè w byen

Chache mezi pye w

Se pa poutèt solèy la cho

Ou oblije mete kepi ki pa bon pou ou

Se pa poutèt granmoun pa jwenn chosèt

Pou chosèt timoun 2 zan nan pye yo

Ou ka toujou renmen yon moun

Li pa deside mezi w

Kiyès ki pa dakò

Pa melanje moman yo

Youn kapab yon gode plen dlo

Yon lòt gen yon gout dlo

Yon gason ka panse yon fi se yon chwal

Mwen konnen yo pa sa

Pa konprann ou ka peye

Pou w monte pyafe

Sa a se yon lòt bagay

Bagay ki gade l

Li gen menm anvi ak tout moun

Li gen dwa pa aji tankou zannimo

Konnen li gen dwa sa a

Mwen pa nan pyès voye monte

M ap di verite

Ak lanvi ou san lanvi

Nou chache pou n konplè ak yo

Nan yo

Fwontyè nou nan yo

Yo fè posib lavi

Nan pote tout chay nou

Sitou nan pase fantezi ak lanvi nou

093.- LANVI

Serye wi

Se nenpòt moun

Pou nenpòt ki bagay

Lanvi egal anvi

Se paske gen egzistans

Toujou gen yon kote nan ou

Menm si w ap dòmi

Ki reveye

Se lanvi w yo

Lejand la di

Manman ou te lanvi manje yon lanbi

Pandan ou te nan vant

Li pa jwenn li

Li grate kò li

Li te gentan make w twò lontan

Li parèt sou kò w

Lanvi manje yon kafe

Bwè yon bon pen rale

M ap degrenngòch yo

Pou w degrenndwat

Mwen ka gen lanvi manje vyann ki frèch

Mwen gen dwa pa lanvi

Manje vyann dòmi

Pa mete m nan ti soulye

Mwen gen bèl soulye mwen

Mwen gen dwa lanvi mete l

Pa anpeche m

Mwen gen dwa lanvi chèf

Gen pouvwa

Lanvi tire

Lanvi pote zam

Lanvi fè moun wè m

Konsa tou

Se machin zanmi mwen an

Mwen lanvi

Ki se yon danje pou m evite

Mwen gen dwa tou

Pou m lanvi Ev mwen

Mande l ti monte desann

Wi mwen gen dwa sa a

Pa di m anyen

Mwen ka paka satisfè mwen

Mwen ka lanvi

San tann pyèj pou mwen ki gen lanvi

Ou pa bezwen chache pwazon

Lanvi kapab yon gwo pwazon

094.- PWAZON

Gen manje ranje san klaksòn

Ki pou debake nan yon zòn

Timoun pa nan mete nan bouch

Se gate vant rele men mouch

Gen jwè sou tèren se pwazon

Ekip advès manje gazon

Wap kwè abit pote l fè gòl

Travèse tèren an pou kòl

Nan yon sosyete agranman

Pa etone lè w wè chanjman

Tout fòm sèvis siyen kòb

Deriv bay lanmen ak fòs lòd

Genyen pwazon yo rele lan

Ak 'kow blip' yo bay pou vyolan an

Menm lè anpil espò se gwoup

Pwazon bezwen yon chans zoup voup

095.- VOUP

Se yon wòch ki pati

Bwa dwèt menm ki te kenbe l

Lespri m dirije bwa m

Lè l sou mwen

Pou m voye l voup

Swa dèyè yon mango

Nan bouda yon bèt

Oubyen nan wèl yon moun k ap anmède m

Mwen te renmen fè sa anpil

Lè m te piti

Voup nan bouda mango

Voup nan nenpòt sa mwen jwenn

Voup se yon koutpwen

Sa yo rele bannann nan

Li pati voup

Konsa gen moun ki konprann

Se yon lwa voye voup ki pran mwen

Sete jis yon fason

Pou mwen konprann

Lavi a gen lwa li

Li ka ap wonfle w voup

Se ou menm ki pou mete

Lwa ou sou li

096.- SE YON LWA

Ale

Pa rete

Ale

Tounen

Vini

Ale

Ou te mèt ale tou mouye deja

Sòti

Pa rantre nan chache

Pou w sòti sèch

Sa a se yon lwa

Se lwa lavi a menm

Depi w fè l

Se pa konsa w fè l

Ou chire

Ouap toujou dòmi deyò

Pa ale pou w rete

Pa ale pou w pa tounen

Pa ale pou w pa vini

Fòk ou vini

Pa sòti sèch

Se yon lwa ki natirèl

Pa konplike l

Pa vini mete zafè w

Mwen ap aksepte se yon lwa tou

Si w vle satisfè w fason ou kapab

Mwen renmen natirèl la

Lwa l pi korèk

Lè m pale w koute m

Koute m se goute pwezi

Tout sa w potko konnen

M ap fè w konnen yo la a

Ou ka pran baf

Ou bezwen remèt

Pa vanje konsa

Se yon lwa senp

Si chak fwa yon moun joure

Manman yon lòt li vle goumen

Si tout yon vil la fè menm jouman an

Mwen pa asire m

Li pral kapab goumen ak tout yon vil

Se yon lwa natirèl

Pa vanje

Li pa nan chanm palman ayisyen an

Mete l nan lavi w

Kite tout nan men lanati

Se bèl anpil wi

097.- SE BÈL ANPIL

Lè dife ap pran deyò

Kou andedan kò 2 moun

Kote dife lanmou

Mete yo nan

Yon plòtonnen

Nan yon piwèt

Voltije tounen abit

Yon kout anlè pou chak

Yon kout atè

Tankou 2 moun ki fèt tou kole

Eskandal ak deblozay

Tounen aktè prensipal

Pye san bretèl tounen bandi

Ap jete dlo swe se li ki pou mouri

Pa gen pase sa

Pou w ap danse

Anba mizik 2 kò ap pwodwi

Byen mikse

Pou repwodwi yayad

Nan fè wout pou moun fèt

Se lèd anpil

Tout kontrè yo ki deside

Mete yo byen lwen fouk

098.- FOUK

Mwen pase

Nan yon baton

Tonbe nan yon rezèvwa

Mwen fè yon bon titan

Tounen toutouni

Fason mwen te ale a

Tonbe deyò

Kounye a moun wè m

Ou konn ki kote m sòti

Nan fouk

Eske se yon mirak

Lè w pa sòti nan fouk

Se prèske enposib

Li te ka syans la

Fòk chay yo

Pase nan fouk

Li te ka youn

Mwen pa vle di 2

Sa w konn nan silans

Ap marye ak papye

Nou konnen timoun pap fè lekti

Yo pa konnen anyen

Rete nan wòl ou tande

Lespri nan prizon

Ala yon fouk

Poutan yo pè pale sou li

Ou pap saj

Si w ap pale pou w pete

Repete fouk

Manman pa pouse timoun

Nan yon ponyèt oubyen nan zye

Nenpòt lòt pati nan kò a

Nou soti nan fouk

Eske se respè pou fouk

Ki anpeche n repete l tout tan

Gen nan fouk

Moun pa dwe ale chita

Bote rad vini ale rete

Fouk

Yo fè tankou

Fouk pa janmen egziste

Y ap di tout tan

Yo kache fouk tout tan

Tankou yon sèvant

Oubyen yon esklav

Yo klase

Lè y ap di moun lèd

Kòm pou mwen

Tout moun mwen rankontre egziste

Nou dwe pale sou tout kote

Ou gen yon bagay

Tout kote w fè Li la

Tout jete melanje ak kèk resevwa se li

Si w pa pwòpte l

Ou pa kapab fè yon koutpye nan lari

Ou paka kite l

Se pou m di fouk mwen menm

Gen fouksi

Lè w poko benyen

Menm lè w te benyen

Gen fouk pase fouk

Tout se fouk

Pou tout fwa mwen pa te di l yo

Pou tout fwa

Pou m te saj

Mwen oblije pa di l

Kite m di fouk

Nou pyès pa soti nan syèl

Pou n tonbe sou late

Nou tout gen yon sel wout

Li antre ak soti alafwa

Menm bèl zye a

Bèl bouch la

Tout pase yon sel kote

Kote nou pa vle rele l bèl tou

Lè n renmen grenn nan

Fòk nou aprann renmen pye a tou

Kite m di fouk

Fouk fouk fouk

Si w fache

Ou ka di m nan kisa

099.- NAN KISA

Nan kisa Ayiti pran

Tout kalite nasyon

Tout kalite kilti

Tout kalite sant

Tout kalite kout bouda

Ap sal respirasyon nou

Ou pa fouti konnen pou kisa

Prezans tout

Nan kisa Ayiti pran la a

Ann gade nou

Lopital li sou kont lòt

Ki pa menm konnen kisa ki yon konprès

Politik li sou kont lòt nasyon

Ki pa menm konnen kisa ki demokrasi

Fè wout li sou kont lòt nasyon

Ki pa menm konn enpòtans yon kabrèt

Agrikilti l anba kontwòl lòt

Ki pa konn kisa patat

Malanga

Mazonbèl vle di pou nou

Nou tèlman pa serye

Ak tèt nou

N ap gade nou nan miwa

Nou di se pa nou

Nan kisa peyi a pran la a souple

Nou tèlman visye

Nou di tout dwèt menm longè

Tout plamen gen menm lajè

Nan ki kalite po pouri

Ayiti pran la a

Zafè lite pou devlopman Ayiti

Se te sèlman bagay zansèt yo

Batay pou lendepandans pèdi sans

Tout fèy bouda Ayiti

Se pou lòt nasyon

Tout lòt nasyon

Chak pye cheve nan tèt nou

Tèt responsab yo

Se yon vò

Ki plen lè

Moun peyi a di ki kalifye

Nan yon aktivite ki mande kad

Se yo ki pral chache lòt nasyon

Pou vini fòme moun

Peyi a gen pase san lanvè

Tout bò rad peyi a sanble

Mesye ak liv anba bwa a

Li bay menm rezilta

Mesye ki gen zam nan

Kisa ki landwat peyi a menm

Nan kisa peyi Ayiti pran la a

Mwen menm mwen pa konnen

Konbyen moun ki dwe konnen

Eske otorite yo konnen

Eske gran paran yo konnen

Jenerasyon avan gran paran yo

Kiyès ki byen fouye

Chache dokiman

Pou eksplike

Nan kisa Ayiti pran la a

Moun ki pwòch mwen yo pa konnen

Asireman yo tap di m

Antouka

Mwen pa konnen

100.- MWEN PA KONNEN

Sa ki pa gen manti

Fransè a ap di ayisyen an

Prend la vie comme elle vient

Se sa a tou nou pi ka konprann

Se nòmal

Nen nou te mare nan chenn yo kenbe

Anglè a di nou

Nou pap konprann

What tchou

Chinwa a

Chi hou chou

Japonè

Zuki fouk si zuzuki

Nepalè

An nep nale chika

Brezilyen an

Braseros sal yo

Reteto nan boundaos

Pokas lanbados

Ajanten an

El peplo de haytiano Quiere nichelo

Fanta boudas de nos juegos

Se poko sa yo

Mwen pa konprann nan

Se chak fwa

Yo jwenn

Ayisyen san idantite

Ba yo enpòtans

Nan kraze dèyè

Zanmi menm lakou an

Kite m dekòde

Zye nou plen lasi

Nou wè figi peyi Larisi pa lave

Mwen pa fouti konprann

Tonnè boule m

Menm yon twou

Twou ki pou fouye nan peyi a

Se yon lòt nasyon

Nou bliye fatra nan lari a

Tankou se nan yon lòt peyi fatra yo ye

Peyi a ap fòme moun

Youn pa kapab jwenn travay

Eksplike nasyon an plis agwonòm

Plis grangou

M ap rele anmwe

Mwen pa konprann

Kiyès ki ka fèm konprann

San baton pa nan bouda m

Gade yon salopri san pri

Kiyès k ap mache

Tèt pou tèt ak Ayiti

Bandgadesh

Madagaska

Kolonmbi

Gine

Zimbabwe

Italyen

Guatemaltèk

Venezuela

Kotdivwa

Mwen pap fout site yo ankò

Nou tout konnen mete rès yo

M ap tann pou yo fè m konprann

Mwen pa te pou kont mwen

Se tout moun nèt yo ap fè konprann

Mwen se tout zanmi m yo

Tout fanmi m

Tout Ayiti

101.- MWEN SE

Mwen se tout zanmi mwen yo

Tout moun ki fè mwen ri

Ki tolere mwen

Ak rad sou mwen

pandan dyòl mwen ap kwape yo ak kalòt

Menm lè dyòl mwen ap bay souflèt

Ekriti m ap karese yo

Mwen se yo

Zanmi mwen yo

Mwen se vouzan an

Lanmèd la tou nan menm tan an

Santibon an

Santifò a

Santipalè a

Santiwayòm nan

Mendwat oubyen Mengòch

Mwen se tout sa ki bon moun fè m ye

Mwen se zanmi m yo

Mwen pa annik

Lòtbo lasous

Kafou pelig

Ba Louvèti

Wo Louvèti

Ri lama

Bwaron tonnè

Ri Kapwa

Anwo bouk

Ri Jefra

Mòn fò

Bò legliz

Granri

Ti ri nan dol ak sou kote l yo

Bò simetyè

Wout boye ak Dibwison

Wout Domon ak Devarye

Lòtbò twou chouchoun

Lòtbò latibonit

Riyanyan

Mwen pa sèlman Plato Santral

Mwen pa sèlman bò tèren

Kafou tèren

Dèyè tèren

Anfas

Sou kote

Dèyè tèren

Mwen se simitchonn

Idayi

Ravin sitwon

Lòtbò Latibonit

Mwen pa sèlman

Ench ak Laskawobas

Beladè oubyen Sodo

Mwen se Mibalè tou

Savanèt ak Mayisad

Seleksyon chanpyon yo

Mwen se Ayiti

Mwen se BELFLO

Bolide

Elannoir

Louverture

FLeche d'Or

Mwen se blòk vilaj esperans

Tout lòt vilaj

Ak katye ki ouvè nan absans mwen yo

Tout katye mwen pa site yo

Mwen pa sèlman dlo latibonit

Latèm oubyen latonm oubyen Chatile

Fèracheval ak Mèy

Mwen se Plato Santral Ayiti

Mwen pa mèt

Mwen se yon disip

Mwen pa vini ranmase

Mwen vini pote

Mwen plis pase kò a

Mwen se nanm

Mwen se moun

E ou menm?

LIS POU POWÈM YO

Made in the USA
Middletown, DE
15 October 2023